Boris Vian
Der Deserteur

Boris Vian

Der Deserteur

Chansons, Satiren und Erzählungen

Mit einem biographischen Portrait
von Klaus Völker

Verlag Klaus Wagenbach   Berlin

»Die Nutzlosigkeit des Militärs ist eine bekannte Tatsache, die niemand weiter zu diskutieren wagt in unserem Jahrhundert fortschrittsbetonter Dialektik.« Boris Vian, 1948

Wagenbachs Taschenbuch 400
Neuausgabe 2001

Umschlaggestaltung Groothuis & Consorten unter Verwendung eines Photos von Weegee (© Hulton Getty). Autorenphoto © Roger-Viollet. Das Karnickel auf Seite 1 zeichnete Horst Rudolph. Gesetzt aus der Baskerville. Gedruckt und gebunden von Pustet, Regensburg. Printed in Germany.
 ISBN 3 8031 2400 X

Inhalt

7 Klaus Völker *En avant Boris Vian*

23 *Unterhaltung mit einem Adjutanten*

25 *Der Deserteur*

27 *Die fröhlichen Schlächter*

29 *Der kleine Mann ist der wahre Schuldige*

30 *Der Politische*

32 *Das kleine Geschäft*

34 *Der Gefangene*

36 *Ich saufe*

37 *Gefährliche Verletzungen*

39 *Ich liebe nur mich*

40 *Tanz der Komplexe*

42 *Die Ameisen*

53 *Die guten Schüler*

59 *Die Reise nach Khonostrov*

68 *Der Krebs*

75 *Die toten Fische*

88 *Der Nebel*

98 *Die verlassene Straße*

112 *Die Feuerwehr*

115 *Der Werwolf*

126 *Bemerkungen zu den Texten*

127 *Quellenhinweise*

Klaus Völker

En avant Boris Vian

Wer war Boris Vian? Arnold Kübler, der Vater seiner zweiten Frau, überlieferte eine bezeichnende Selbstcharakteristik des auf vielen Gebieten erfindungsreichen und produktiven Künstlers: »Alle sind verkleidet. Da heißt es eben, sich auch verkleiden. Auf diese Art ist man nicht mehr verkleidet.« Der erlernte Beruf Vians war Ingenieur, wobei sich seine Fähigkeiten durchaus nicht aufs Hobbybasteln und das Herrichten schicker Oldtimer beschränkten: So beschäftigte er sich zum Beispiel mit der Herstellung von Lastwagenpneus, die eine Gummiersparnis von über zwanzig Prozent erbringen würde, er arbeitete, spielte und experimentierte gerne mit raffinierten Werkzeugen, technischen Geräten und neuen Materialien. Elektronische Reim- und Dichtmaschinen, die anderen Autoren Alpträume bereiteten, begrüßte er als spannende Bereicherung für die künstlerische Betätigung. Technische Geräte regten seine Phantasie an, er war allerdings nie bereit, sich von ihnen unterdrücken zu lassen, geschweige denn sich ihren Gesetzen zu unterwerfen. Nach Erwerb des Ingenieur-Diploms an der École Centrale des Arts et Manufactures arbeitete Vian zunächst in der Abteilung Glas des Französischen Normenausschusses, später beim Verband der Papier- und Pappindustrie. Bei diesen Unternehmen – wo es für einen schöpferischen Techniker kaum etwas zu tun gab – verdiente Vian sein Geld und machte sich unbeliebt, weil er die Grammatik- und Denkfehler seiner Vorgesetzten zu korrigieren pflegte. Wenn er sich langweilte, entwarf er auf amtlichen Formularen ein Klassifikationsschema möglicher Beleidigungen, spezifiziert nach der gesellschaftlichen Stellung des zu Beleidigenden sowie nach der Gefahr eventueller gerichtlicher Verfolgung.

Den Ingenieurberuf übte er von 1942–1947 aus. Die Jahre zuvor hatte der am 10. März 1920 geborene Boris Vian glücklich im Kreis der Familie in Ville d'Avray, einem Villenvorort von Paris, verbracht. Sein Vater Paul Vian war offiziell Fabrikant von Kunstbronzen, verdiente aber sein Geld in Wirklichkeit mit kleineren Goldgeschäften. Sein Vermögen schmolz im Verlauf der

verschiedenen Wirtschaftskrisen in den zwanziger Jahren dahin, nach 1933 war er Vertreter einer pharmazeutischen Firma und von 1939 an Mitarbeiter einer Immobilienfirma. Paul Vian ertrug seinen finanziellen Ruin mit aristokratischer Würde, er blieb immer der gelassene, skeptische Bürger mit Geschmack und Charme, der seine drei Söhne und seine Tochter vorbildlich erzog und sie Armee, Kirche und Kapital gründlich verachten lehrte. Seit seinem fünften Lebensjahr war Boris Vian ein eifriger Leser französischer Literatur, er lernte mehrere Sprachen, spielte Musikinstrumente und Schach. Zu seinen Spielkameraden gehörten außer den Geschwistern das vier Jahre ältere musikalische Wunderkind Yehudi Menuhin und François Rostand, der Sohn des Literaten Jean Rostand. In der Erinnerung erschienen Boris Vian die Schulzeit in den Gärten und Wäldern von Ville d'Avray und die Sommeraufenthalte in Landemer an der Küste der Normandie wie ständige Ferien, die nur von der Herzmuskellähmung als Folge einer schweren Diphterie im Alter von 15 Jahren getrübt wurden.
In der Studienzeit begann Vian mit ersten dichterischen Versuchen. 1943 schrieb er seinen ersten Roman, ›Trouble dans les Andains‹, der nur im Kreis der Freunde die Runde machte. Sein nächstes Buch, ›Vercoquin et le plancton‹, gelangte dank Jean Rostand in die Hände von Raymond Queneau, der es 1946 bei Gallimard publizierte. Vian betrachtete das Schreiben als einen Teil seiner Phantasiearbeit. Aber wie wird man ein erfolgreicher Schriftsteller? Wie verdient man Geld mit Literatur? Der Verleger Jean d'Halluin empfahl ihm eine Mischung aus Henry Miller, Faulkner und Hemingway als Rezept für ein erfolgreiches Buch – der amerikanische Roman mit dem Typ des *hard-boiled man* als Helden war damals in Frankreich in Mode. Vian betrachtete diese Auskunft als Aufforderung, den gewünschten Roman zu liefern, und als Gelegenheit, für sich und den Verlag Scorpion, der nicht sonderlich florierte, schnell zu Geld zu kommen. In zwei Wochen verfaßte er als VERNON SULLIVAN das Buch ›Ich werde auf eure Gräber spucken‹, das mit der Anmerkung »übersetzt aus dem Amerikanischen von Boris Vian« auf den Markt kam. Sullivan wurde vom Übersetzer als amerikanischer Neger vorgestellt, der seinem Aussehen nach als Weißer gelten konnte, seinem Wesen nach sich aber weiterhin als Neger verhielt, der die Rassenvorurteile der Weißen bekämpfte und sich gegen den

in einer bestimmten Sorte von Literatur gepflegten Typ des »guten Negers« verwahrte.
Der Roman voller Sex, Rassenverfolgung, Whisky, Gewalt, Blut und Mord erregte entsprechendes Aufsehen, brachte Schlagzeilen und erreichte eine beträchtliche Auflagenhöhe. Die literarische Kritik begann die Sache zu vermarkten und spaltete sich wie erwartet in leidenschaftliche Gegner und enthusiastische Befürworter auf. Die Stichworte hatte ihnen Vian bereits im Vorwort (die hanebüchenen Beurteilungen voraussehend) boshafterweise mitgeliefert: »Hier werden ihm unsere wohlbekannten Moralisten den auf gewissen Seiten zu weitgehenden Realismus vorwerfen. Es scheint uns jedoch interessant, auf den grundlegenden Unterschied zwischen diesen Seiten und den Schriften Millers hinzuweisen; Miller zögert in keinem Fall, sich der drastischen Wörter zu bedienen; Sullivan hingegen scheint darauf bedacht zu sein, weniger durch den Gebrauch des kruden Worts als durch Wendungen und Satzkonstruktionen anzudeuten; in dieser Hinsicht nähert er sich eher der erotischen Tradition der romanischen Länder.« Vian beherrschte souverän solche Literaturversteckspiele. Trotz spielerischer Gebärden, genau kalkulierter Wirkungsmechanismen und übernommener literarischer Muster war ein Roman entstanden, der seine unverkennbare Handschrift trug: ›Ich werde auf eure Gräber spucken‹ war eine bitterböse Attacke gegen den Rassismus im Gewand eines Sexthrillers, nicht zuletzt geschrieben aus der verzweifelten Erkenntnis, daß die Leute möglichst nur Geschichten lesen wollen, die sie schon kennen. Brechts Einstellung: »Die Gelegenheitsarbeit ist es, die den Künstler zum Professionellen macht«, lag Vian sehr. Auch er war der Meinung, daß sich das Talent eines Dichters in der Fähigkeit, Auftragsarbeiten schnell und mit Geschick zu erledigen, bewähren konnte.
Auf Bestellung arbeiten sagte ihm zu. In wenigen Minuten konnte er für einen Chansonnier den Text eines Couplets liefern oder über Nacht für ein Kabarettprogramm noch einen Sketch verfassen. Wenn ihm Freunde die Sache schmackhaft zu machen wußten, erledigte er solche Gelegenheitsaufträge mit größter Raffinesse und oft mit boshaftem Witz, ob es sich nun um das Libretto einer Oper wie ›Fiesta‹ für Darius Milhaud, um den Kommentar zu einem Film über ›La Joconde‹, oder um den Waschzettel für eine gute Jazzplatte handelte. Für die Zeitschrift

Constellation arbeitete er unter anderem eine Untersuchung über die Aufgaben und Anforderungen im sachlichen und persönlichen Bereich aus, denen sich Pariser Autobuschauffeure stellen mußten, und unterzog sich, um kompetent argumentieren zu können, selber einer solchen Prüfung.

Als im Februar 1947 gegen Sullivans Roman Klage eingereicht wurde, weil er geeignet sei, »Jugendliche zur Ausschweifung zu verleiten«, stieg die Nachfrage, und der Skandal war perfekt, als ein Exemplar an der Stätte eines Gewaltverbrechens aufgefunden wurde. Im Nachwort zum zweiten Sullivan-Buch, ›Tote haben alle dieselbe Haut‹, bescheinigte Vian unmißverständlich der Kritik, die seine gleichzeitig erschienenen »seriösen« Romane ›Der Schaum der Tage‹ und ›Herbst in Peking‹ kaum der Beachtung für Wert befunden hatte, ihre Fähigkeit, »literarische Erfolge« zu kreieren. Seine Autorschaft sprach sich dann mit der Zeit herum, außerdem konnte auch der Verleger nicht länger schweigen, als sich die Gerichte mit Sullivan zu beschäftigen begannen und das inkriminierte Buch nicht mehr verkauft werden durfte. Der Prozeß gegen ›Ich werde auf eure Gräber spucken‹ ging über mehrere Instanzen und dauerte bis 1953. Einmal wurde Vian freigesprochen, ein andermal zu einer Geldstrafe, zum Schluß zu zwei Wochen Haft verurteilt, die er aber nicht abzusitzen brauchte.

Zwei weitere Sullivans erschienen noch, blieben aber genauso erfolglos wie später ›Das rote Gras‹ und ›Der Herzausreißer‹. Die meisten Kritiker verziehen ihm nicht, daß er sie zum Narren gehalten und die Gesetze des Literaturbetriebs mißachtet hatte. Entmutigt, aber auch aus finanziellen Erwägungen stellte Vian seine Romanproduktion Anfang der fünfziger Jahre ein.

Sein gleich starkes Interesse für Mathematik, Technik, Poesie und Philosophie ermöglichte Vian den ständigen Wechsel vom Ingenieur zum Dichter, er war aber auch ein ebenso exzellenter Musiker. 1942 trat er als Trompeter in die Amateurjazzband von Claude Abadie ein. Sein Bruder Alain wirkte dort bereits als Schlagzeuger mit, und kurze Zeit nach Boris schloß sich auch Lélio Vian der Band als Gitarrist an.

Die Begeisterung für Jazz war für diese jungen Leute Widerstandskampf, Bekenntnis zur Musik einer überall unterdrückten Rasse. Die Nazis hatten diese Musik offiziell verboten, aber schon vorher war sie von 98 Prozent der französischen Bevölkerung für dekadent und verrückt erklärt worden. die Vians nannten sich stolz »marrons«, entlaufene Negersklaven, sie huldigten dem New-Orleans-Stil, veranstalteten Swing-Festivals und wurden zu Vorkämpfern des Bebops. Alle Bandmitglieder arbeiteten tagsüber in anderen Berufen, in Ingenieurbüros, in Ministerien, in der Universität; Abadie, als Polytechniker ausgebildet, war Direktionssekretär bei der Bank von Paris. Die Musiker nahmen fast jede Einladung zum Spielen an, sei es, wenn ein Wirt in seinem Lokal eine unkonventionelle Attraktion bieten wollte, sei es, wenn es eine Hochzeit zu feiern oder eine »Surprise-Party« musikalisch zu umrahmen galt. Allerdings weigerten sie sich, weiße Jacketts wie Berufsmusiker anzuziehen, sie trugen lieber marineblaue Anzüge, mischten sich unter die Gäste und tanzten mit, wenn es ihnen Spaß machte. Ihr Lohn war oft nur ein Drink oder ein Sandwich. Erlaubt war alles, die einzige Moral, die alle Bandangehörigen strikt befolgten, war die Weigerung, einen Titel zu spielen, den sie für schlecht hielten.

Die besten Jahre für das Orchester Abadie-Vian kamen 1945–48, als sie an Jam-Sessions, internationalen Jazz-Turnieren und den einschlägigen Festivals teilnahmen, in Hot-Clubs gefeiert wurden und viele Preise gewannen: Keine goldenen Jahre, aber eine glückliche Zeit, in der gelebt, geliebt und gestritten wurde. Wie brüchig der Boden war, auf dem man sich bewegte, war nur wenigen wirklich bewußt. Verzweifelt lustig wehrte sich Boris Vian gegen den Irrsinn der Welt, gegen die Tagesphrasen der Politiker, gegen die Unbelehrbarkeit der Militärs, gegen die Kopflosigkeit der Polizei. Seit seiner Studienzeit wußte er, daß er keine vierzig Jahr alt werden würde. Angst vor dem Sterben hatte er nicht, nur Angst vor einen sinnlosen Tod. Als die Jazzmusiker kurz nach Kriegsende in die von den Amerikanern besetzte Villa Rothschild im Bois de Boulogne gebeten wurden, verbot man ihnen, den Park zu betreten, da er noch vermint war: ein falscher Ton, meinte Boris Vian hinterher, und sie wären alle in die Luft gegangen.

Weil sie ihre Musik so ernst nahmen, sahen sie sich gezwungen, sie auf lustige Weise zu praktizieren. Bei einem Turnier im März 1946 in der Salle Pleyel zum Beispiel präsentierten sie sich als das älteste Jazz-Amateurorchester Frankreichs: Als die Gruppe »Professor Dupiton und seine fröhlichen Mandolinen« spielten sie mit langen weißen Bärten und in Kostümen einer ehrwürdigen Liedertafel. Die wichtigsten Auftritte hatte das Orchester Abadie-Vian allerdings immer in kleinerem Rahmen, in den Lokalen von Saint-Germain-des-Prés, als dort die aus dem Krieg, aus ihren Verstecken, aus der Gefangenschaft oder den Lagern heimkehrenden Künstler und Intellektuellen sich trafen, die unter dem Sammelnamen Existentialisten bekannt wurden: Juliette Gréco, Jean-Paul Sartre, Simone de Beauvoir, Anne-Marie Cazalis, Alexandre Astruc, Wols, Jacques Prévert, Henri Salvador, Camille Bryan, Maurice Merleau-Ponty, Albert Camus, Raymond Queneau, Claude Léon.

Sartre war unbestritten der geistige Mittelpunkt, die Denkmalsfigur der Existentialisten, Boris Vian, »Prince Boris« wurde er damals genannt, war nur der ungekrönte König dieses Reichs, dessen Grenzen drei Cafés und eine Kirche bildeten. Sein Zepter war seine Trompete. Seine bevorzugten Residenzen waren der Club Tabou und der Club Saint-Germain-des-Prés. Als ihm der Arzt 1948 das Musizieren verbot, mußte sich Vian darauf beschränken, Jazzkritiken zu schreiben, die er im »Combat« und regelmäßig in der Zeitschrift »Jazz-Hot« publizierte. Jacques Canetti, der erste Jazzschallplattenproduzent in Frankreich, überließ ihm außerdem die Gestaltung des Jazz-Programms für die Firma Philips. Nur gelegentlich noch nahm »Prince Boris« in den Kellern von Saint-Germain-des-Prés sein Instrument zur Hand und wurde rückfällig, dabei lässig anmerkend: »Jeder Puster in meine Trompete verkürzt mein Leben.« Die Mehrzahl der großen Jazz-Musiker konnte er zu seinen Freunden zählen: Duke Ellington, Miles Davis, Errol Garner, Charlie Parker und Sidney Bechet. Der Sänger und Komponist Henri Salvador erklärte nach dem Tod von Boris Vian: »Er war versessen auf Jazz, er lebte nur durch den Jazz, er hörte Jazz nicht, er drückte sich im Jazz aus.« Wer war Boris Vian? In welcher Verkleidung er auch immer in Erscheinung trat, als Ingenieur, als Skandalschriftsteller, als vom Tod gezeichneter Jazztrompeter oder als existentialistischer Kellerprinz, er befand sich ständig auf der Flucht. Er war ein sehr verletzlicher Mensch, der etwas erleben und produktiv sein wollte, ehe es zu spät war. Ein ›Savanturier‹ wünschte er zu sein, ein Wissensabenteurer. Als Satrap des Collège de Pataphysique, jener im Jahr 1949 in Paris gegründeten Vereinigung, die auf die Wissenschaft imaginärer Lösungen eingeschworen ist, erklärte Boris Vian in einem Interview: »Ich bin mit acht oder

Boris Vian-Karikatur aus der Zeitschrift »Jazz-Hot«

neun Jahren auf die Pataphysik gestoßen, als ich ein Stück von Robert de Flers und Caillavet las, das ›Das schöne Abenteuer‹ hieß. Man würde sie in diesem Stück am wenigsten vermuten, wäre man nicht Pataphysiker; es enthielt nämlich besonders die Replik aus dem Munde von Victor Boucher, die ich Ihnen nicht vorenthalten möchte. Ich glaube, daß sie jedermann sehr leicht und sehr schnell zur Pataphysik anregen kann. Das ist sie: ›Ich bemühe mich, möglichst an Dinge zu denken, von denen ich denke, daß andere nicht an sie denken.‹«

Viele der Romanfiguren Vians sind Ingenieure vom Typ ›Savanturier‹, keine ausgesprochenen Selbstportraits des Autors, aber doch die bevorzugten Agenten seiner Stimmungen, Bekenntnisse und Gefühle. Die Hauptfigur seines Romans ›Das rote Gras‹, Ingenieur Wolf, konstruiert eine Maschine, die ihn befähigt, sich an alles zu erinnern, was er unlängst fühlte, und die ihm zugleich erlaubt, seine Erinnerungen loszuwerden. Vian behandelt hier die Grundsituation der Generation, die noch den Zweiten Weltkrieg erlebt hat. Diese Generation tritt ein Erbe an, das ihr im Weg ist: mit der Vergangenheit will sie nicht leben, sie ist aber gezwungen, sie dauernd zu beschwören. Wolf bringt seine Erinnerungen hervor, um sie zu vernichten. Er leistet Trauerarbeit und nimmt sich schließlich das Leben: »Ich habe immer meinen Sehnsüchten widerstehen können, doch im Sterben schöpfe ich sie aus.«

In dem Roman ›Herbst in Peking‹ beschreibt Vian die Abenteuer eines als Expedition getarnten Suchens in dem fiktiven Wüstenland Exopotamien. Ingenieur Angel durchschaut bald das Vordergründige des Suchens aller Beteiligten und hält als Lösung für sich nur noch den Tod für sinnvoll. Seine Geliebte Rochelle redet zwar gern mit ihm, im Bett gibt sie jedoch seinem Freund Anne den Vorzug. Angel beseitigt deshalb den Rivalen und eröffnet Rochelle die Möglichkeit eines Doppelselbstmords.

Ihr gefällt die unerwartete Rolle einer Julia, sie will nun unbedingt mit Angel als Romeo den gemeinsamen Tod »wie im Roman« sterben. Selbst in der Stunde des Todes, erkennt der Ingenieur, gibt es keine Liebe für ihn. Er tötet sich nicht. Er übernimmt die Verantwortung für den Tod des Freundes und bekennt sich schuldig. Gleichzeitig widerspricht er dem Abbé, der seinen Mord entschuldigt und »alle« verantwortlich machen will, weil die Religion die Menschen als Kriminelle braucht. Angel widerspricht auch Camus, denn er ist kein »Geworfener«. Exopotamien hat ihm seine Lage deutlich gemacht, diese Erfahrung allein nützt ihm. Er wird leben. Wenn er auch den »Stein der Weisen« nicht gefunden hat, so ahnt er immerhin am Ende, was das ist.

Albert Camus, einer der Wortführer der jungen, vom Krieg geprägten Intellektuellen, lehnte es ab, der Geschichte irgendeinen Sinn zuzubilligen, er sah nur noch das Absurde allen menschlichen Tuns. Gegen diese Art von Existenzphilosophie wandte sich Vian in ›Herbst in Peking‹ durch das parodistische Zitieren der Figur des unfreiwilligen Mörders aus dem Roman ›Der Fremde‹ von Camus. In dem Roman ›Der Schaum der Tage‹, ebenfalls 1946 geschrieben, setzte sich Vian mit Sartres Version des Existentialismus auseinander. »Ich bin kein Existentialist«, erklärte er damals. »Für den Existentialisten geht nämlich die Existenz dem Sein voraus. Für mich gibt es kein Sein.« Sein Denken ließ auch moralische Fragestellungen zu und war nicht dem Glück der Menschen zugewandt, sondern kreiste mehr um die Frage des Glücks für den Einzelnen. Boris Vian weigerte sich, abstrakte Betrachtungen über den Tod oder den Sinn des Lebens anzustellen und nur nach dem Tatbestand der Existenz zu fragen, losgelöst von der Situation des Einzelnen und dessen Lebensumständen. Die existentialistische Lösung schien ihm nur eine Fluchtbewegung mehr zu sein. Vian schätzte Sartres Roman ›Der Ekel‹, dem Propagandisten des Engagements aber, dem Star intellektueller Debatten brachte er Mißtrauen entgegen.

Im irr-komischen Disney-Land des Romans ›Der Schaum der Tage‹ scheitern die Menschen, findet ihre Sehnsucht nach Liebe und Zärtlichkeit keine Erfüllung. Es ist eine Welt des Unglücks, in der der Mensch fremd und zum Tode verurteilt ist. Katze und Maus beobachten den Untergang. Chloé stirbt an einer unheilbaren Krankheit, Chick, der leidenschaftliche Partre-Anhänger, wird von Polizisten erledigt, Alise kommt im Feuer um, das sie selbst gelegt hat, und Colin entscheidet sich, da er Cloé nicht retten kann, für den Selbstmord. Die unmenschliche Welt gestattet keine angenehmeren Lösungen. Die Maus zergeht im Maul der Katze. »Und es kamen mit Gesang elf kleine blinde Mädchen aus dem Papst-Julius-Waisenhaus.«

Jean-Sol Partre nennt Vian hier Sartre und portraitiert ihn als einen um neue Gedanken nie verlegenen Erfolgsschriftsteller, den sein Publikum blind bewundert. Am Ende wird ihm von Alise, deren Freund Chick nur noch Partre im Kopf hat, dessen Bücher er für wichtiger als die Gefühle des Mädchens hält, die »Existenzgrundlage« genommen: »Chick ist zu sehr engagiert, finde ich. Ich habe auch meine Wahl getroffen, aber ich bin frei, denn er will mich nicht mehr, und jetzt werde ich sie töten.« Ehe sie den Tatort verläßt, zerreißt Alise noch Partres Manuskript einer »Enzyklopädie«.

Einige Jahre nach Erscheinen des Buchs geriet Vian in eine ähnliche Situation wie Alise: Seine Frau Michelle engagierte sich auch privat für Sartre, so daß es zur Scheidung kam. Das Ehepaar hatte sich 1940 in Chapbreton, einem Zufluchtsort vieler Pariser Familien am Meer in den ersten Monaten der deutschen Besetzung, bei einer der üblichen Surprise-Parties kennengelernt. Noch vor Abschluß seines Ingenieurexamens war 1941 Hochzeit gefeiert worden. Beide, Boris Vian und Michelle Léglise, waren Autoren in Sartres Zeitschrift »Les Temps Modernes«, und sie übersetzten gemeinsam einige Bücher aus dem Amerikanischen. Die ausbleibende Anerkennung als Romanautor verbitterte Vian zunehmend, er verschloß sich, war schlecht gelaunt. Außerdem führte seine burschikose, verspielte Art, wie er mit seinen beiden Kindern umging, zu ehelichen Disputen. Die Schriftstellerexistenz begann ihn zu bedrücken, er sah sich damals gezwungen, nur noch zahllose Artikel zu schreiben, Schlagertexte zu liefern und Übersetzungen zu erledigen.

Obwohl doch viele Gedanken Sartres für Boris Vian Anlaß zur Überprüfung der eigenen schriftstellerischen Position waren, Sartre sogar in vielen Punkten als Katalysator von Plänen diente, denen er dann doch früher oder später Gestalt zu geben gedachte, wurde das Oberhaupt der Existentialisten nun ein Rivale, gegen den er sich öffentlich und privat behaupten mußte. Vian nahm die Auseinandersetzung in einem Handbuch über die Lokale von Saint-Germain-des-Prés auf und setzte sie nach 1951 in einer Art staatsphilosophischer »Abhandlung über Bürgertugenden« fort, die Fragment blieb. Sich als Schriftsteller oder Wissenschaftler überhaupt mit Problemen der Politik zu beschäftigen, wie es die Existentialisten praktizierten, betrachtete er bereits als Zugeständnis an die Politiker. Er schlug die Abschaffung der Politik mit Hilfe der wissenschaftlichen Durchdringung des täglichen Lebens vor.

An politische Lösungen vermochte er nicht zu glauben. Der Ingenieur Vian regte an, die Politik als eine Krankheit wie die Syphilis zu behandeln. Krieg, der für Militärs bekanntlich die Fortsetzung der Politik mit anderen Mitteln darstellt, war in den Augen Vians nichts anderes als eine raffinierte Form von Arbeitsbeschaffung. Das Glück der Menschheit, der Aufbau einer humanen Welt und das Ende von Unterdrückung hingen deshalb, so meinte er, vor allen Dingen von der Einstellung der Menschen zur Arbeit ab, ihrer Weigerung nämlich, »unnützliche Arbeit«, die zwar ökonomisch effektiv ist, aber zerstörerisch wirkt, künftig zu verrichten. Arbeit wollte er als schöpferische Aktivität von Geist und Körper definiert wissen. Boris Vian argumentierte mit Hegel, mit Blanqui und begeisterte sich für die Ideen von Lewis Mumford, Alfred Korzybski, Norbert Wiener und Hans Reichenbach. Verschiedene Thesen aus ›Der Mensch in der Revolte‹ von Camus, jene Schrift, die den endgültigen Bruch von Sartre und Camus herbeiführte, dürften ebenfalls sein Denken beeinflußt haben, wenn er auch grundsätzlich und persönlich mehr Sympathie für Sartre und Merleau-Ponty hatte.

Es wäre zu einfach, seine manchmal radikalen Vorschläge als poetischen Anarchismus abzutun. Er hatte berechtigte Bedenken gegen faule Kompromisse oder gegen Zugeständnisse, die die Ursachen gesellschaftlicher Mißstände nur verdecken helfen. Ein Hitler an der Spitze eines Staates dünkte ihm erst gefährlich durch die Basis, die ihn ermöglichte. Vians Vorschlag war: die Beamten, die Polizei auszuhungern, dann gäbe es keinen Krieg mehr. Von einer simplen Beamtenreform erwartete er so gut wie nichts. Er wollte den Circulus vitiosus endlich einmal durchbrochen sehen. Deshalb weigerte er sich, politisch zu argumentieren. Als in der Zeitschrift »Les Temps Modernes« ein Artikel gegen den amerikanischen Senator McCarthy erschien, notierte er: »Um McCarthy zu stürzen, gibt es nur einen Weg: ihn stürzen.

Ihn analysieren bewirkt nichts ... McCarthy ist nicht intellektuell gefährlich, sondern materiell. Sinnvoll ist nur, ihn materiell zu attackieren. Mit dem Messer.«
Vian war ein zärtlicher Mensch, ein Freund der Schwachen und der »Neger« aller Länder. Er haßte Krieg und Gewalt. Die Widersprüchlichkeit seiner Argumente war ihm bewußt. Über Politik debattieren wie Sartre und seine Freunde mochte er nicht, sie änderten auch auffallend oft ihre Meinung. Sein eingefleischter Skeptizismus hinderte ihn daran, nach der Lektüre eines philosophischen Werks oder eines politischen Artikels sich im Besitz der Wahrheit zu glauben. Er hatte kein Talent zu fanatischen politischen Auseinandersetzungen. Zur »Besinnung« gekommene Renegaten wie Arthur Koestler mochte er nicht bewundern: »Ich finde es nicht charaktervoll, seine Fehler einzugestehen, ich finde es vor allem bedauerlich, sie gemacht zu haben.«
Vian traf Sartre in den fünfziger jahren nur noch zweimal. Zu politischen Problemen äußerte er sich einige Zeit überhaupt nicht mehr, wurde aber dann 1955 unfreiwillig zum politischen Autor, als Staatspräsident René Coty das Verbot des Chansons ›Der Deserteur‹ anordnete. Das französische militärische Engagement in Indochina und der Algerienkrieg waren Ereignisse, die den Dichter veranlaßten, Partei zu ergreifen und auch engagierte politische Texte zu verfassen. Seine Theaterstücke und Lieder bedeuteten jedoch keinen »Verrat«, keine Zurücknahme der Romane. Vian hatte nur wieder einmal die Verkleidung gewechselt. Diesmal war er kenntlicher geworden, getreu der Ankündigung von Raymond Queneau im Vorwort zur Erstausgabe des Romans ›Der Herzausreißer‹ 1953: »Boris Vian wird Boris Vian werden.«
Großen Anteil an Vians dezidierter Einstellung zur Politik hatten die Gespräche mit Marcel Degliame, der bis 1939 kommunistischer Gewerkschaftsmann war und dann als Colonel Fouché in der Résistance-Armee gekämpft hatte. Degliame ermutigte den Autor, alle Möglichkeiten zu nutzen, mit den Mitteln des Kabaretts und des Schlagers politische Fragen an ein größeres Publikum heranzutragen. Vians erstes Stück, die Farce ›Abdeckerei für alle‹, geschrieben 1946, hatte die Vertreter aller politischen Richtungen schockiert: die Handlung des Stücks spielt am Tag der Landung der Alliierten 1944 in der Normandie. Ausgerechnet an diesem Tag beschließt ein redlicher französischer Familien-

vater, die Hochzeit seiner Tochter Cyprienne mit dem einquartierten deutschen Besatzer Heinz Schnitternach zu feiern. Cypriennes Bruder Jacques, der bei den Amerikanern Dienst tut, und ihre Schwester Catherine, die bei den Russen Fallschirmspringerin ist, werden per Funk herbeizitiert. Ein amerikanischer Feldprediger erledigt die Trauungszeremonie, während draußen ein mörderischer Krieg tobt. Am Ende wird das Haus des Familienvaters, das einzige, das in der Gegend vom Krieg verschont geblieben ist, von zwei Offizieren der Befreiungsarmee »zwecks Wiederaufbau« in die Luft gesprengt.

Der verzweifelte schwarze Humor dieses Stücks richtete sich gegen die stupide Unempfindlichkeit, mit der alle Figuren handeln. Sie nehmen am Krieg teil, ohne zu merken, daß Krieg in seiner schlimmsten Form gespielt wird. Nach der Aufführung von André Reybaz 1950 blieben die meisten Kritiker bei ihrer pauschalen Boulevardpresse-Meinung über Vian. Sie hatten ihn abgestempelt als surrealistischen Provokateur, als pornographischen Anarchisten und als Autor ohne jede Überzeugung. Die sarkastische Komödie ›Der Nachmittag der Generäle‹, in der die ungeheure Verantwortungslosigkeit und ideologische Verranntheit politischer Funktionäre und debiler Militärs abgekanzelt wird, blieb ungespielt. Die Affäre Vernon Sullivan verdeckte den tiefen Ernst und die politische Brisanz seiner Texte. So mußte unweigerlich auch sein Versuch scheitern, die zentrale Handlung des Romans ›Ich werde auf eure Gräber spucken‹ auf der Bühne als antirassistisches Drama in der Nähe von Sartres ›Die ehrbare Dirne‹ anzusiedeln. Man vermißte ideologische Wahrheiten, das Positive. Bei Vian endete immer alles schrecklich, wie meistens in den Märchen, mit dem Kinderblick, der die Welt in Gut und Böse teilt.

Gewaltsamkeit und Tod waren seit Anfang der vierziger Jahre die täglichen Erfahrungen, die Boris Vian betroffen machten. Besonders das »sinnlose« Sterben von drei ihm sehr verbundenen Personen bewegte ihn sehr: der Studienfreund Charles Bally wurde 1944 in den Tagen der Befreiung von Paris von einem Dach herab erschossen, sein freundlicher, alle Gewalt verachtender Vater wurde, ebenfalls 1944, in seiner Wohnung von Einbrechern ermordet, sein bester Freund Jacques Loustalot, der »Major« in vielen Erzählungen und Romanen, der bei seinen verspielten Abenteuern immer zum Selbstmord aufgelegt schien,

stürzte auf mysteriöse Weise Anfang 1948 aus einem Fenster. »Wir laufen aus Leibeskräften in die Zukunft, und wir gehen so schnell, daß uns die Gegenwart entwischt, und der Staub, den wir aufwirbeln, verdeckt uns die Vergangenheit.«
Die absurde Konsequenz eines verspielten Lebens? Zweifellos ist der Fenstersturz des Vaters in Vians letztem Stück ›Die Reichsgründer oder das Schmürz‹ eine vage Anspielung auf den rätselhaften Tod des »Majors«. Auch das ständige Umziehen der Familie in immer beengtere Räume verweist auf Autobiographisches: die Familie Vian mußte mit Rücksicht auf die immer knapper werdenden finanziellen Mittel des Vaters mehrfach umziehen und sich mit bescheideneren Wohnverhältnissen abfinden. Aber weit ab von diesen autobiographischen Zügen ist dieses Stück als politische Parabel zu interpretieren. Der Familienvater ist ein glorreicher Offizier, der jeden Befehl kompromißlos auszuführen pflegt. Die eigene Initiative beschränkte sich für ihn auf das Gesetzmäßige. Den Drückeberger-Weg nach oben dieses Reichsgründers, der übrigens aus Arromanches stammt, dem Schauplatz der ›Abdeckerei für alle‹ in der Normandie, wo sich einer der größten Soldatenfriedhöfe des Zweiten Weltkrieges befindet, stellt Vian als Flucht vom Parterre auf den Dachboden eines Hauses dar. Als Relikt aller menschlichen Hervorbringungen bleibt am Ende nur die geschundene Kreatur, das Schmürz, auf dem von Menschen befreiten Schauplatz zurück. Einige seiner Erzählungen veröffentlichte der Autor unter dem Pseudonym Adolphe Schmürz – die merkwürdige Wortschöpfung, die er gerne gebrauchte, war auf der Bühne die Vergegenständlichung des durch Schmerz verkümmerten menschlichen Gewissens.
Seit 1951 schrieb Boris Vian zahlreiche Texte für Rundfunk und Theater, kurze Politgrotesken oder revuehafte Sketchs, die nur zum kleineren Teil gesendet oder aufgeführt wurden. Die Einfälle überstürzten sich, seiner Phantasie entsprangen die unwahrscheinlichsten Gags und Wortspiele, die aggressiv und witzig dem täglichen Unsinn, dem der Mensch ausgesetzt ist, zu Leibe rücken. In über 400 Schlagern, geschrieben für die Gréco, Mouloudji, die Frères Jacques, Maurice Chevalier, Magali Noël oder Henri Salvador, betrieb er auf amüsante Weise Kritik an den entfremdeten Lebensformen der Menschen, dem Konsumdenken, der Verdummung der Massen, der Verrohung der Gefühle. Auch in seinen Chansons ergab das Nebeneinander von

zarter Poesie und bitterem Humor, von empfindsamer Trauer und frecher Satire den Reiz. Alle Genres wurden bedient, er schrieb sentimentale Liebeslieder, zärtliche Blues-Texte, groteske Tango-Balladen, feurige Calypsos und verrückt burleske Rock-Schlager, darunter ein ›Rock-and-Roll-Mops‹, der antiklerikale Hit ›Frock and Roll‹ und muntere Sexspäße à la ›Good Rocking tonight‹. Je komischer und turbulenter die Geschichten konstruiert waren, die er in solchen Schlagern erzählte, um so weniger fanden sie Anklang. Die damalige Rock-Jugend nahm das Genre eher bitter ernst und fühlte sich von Vian auf den Arm genommen, wenn sie den ›Frock and Roll‹ hörte, in dem Mönche im Kreuzgang eines Klosters Rock tanzten und deren Begeisterung bis zum Papst Wellen schlägt.
Auftraggeber Vians war meistens der Pionier unter den französischen Jazzschallplattenproduzenten Jacques Canetti (ein Bruder des Schriftstellers Elias Canetti), der nach dem Krieg einer der leitenden Direktoren der Firma Philips war und sich außerdem als Theater- und Konzertagent betätigte. Canetti ließ sich für viele seiner Produktionen von Vian die Programmfolge zusammenstellen, die Texte redigieren oder übersetzen. Auf diese Weise entstanden zum Beispiel die französischen Adaptionen berühmter Brecht-Songs von Vian wie ›Sorabaya-Johnny‹, ›Bilbao-Song‹, ›Nannas Lied‹ und ›Alabama-Song‹, die Catherine Sauvage in der Comédie des Champs Elysées sang. Für verschiedene Pariser Theater übersetzte er von Strindberg ›Fräulein Julie‹ und ›Erik XIV.‹, von Brendan Behan ›The Square Fellow‹, und nach der Übersetzung von Iwan Goll bearbeitete er Georg Kaisers ›Der Brand im Opernhaus‹.
Als Vian 1954 Lieder wie ›Der Politische‹ oder ›Der Deserteur‹ zu schreiben anfing, schlug ihm Canetti vor, im Rahmen eines Varieté-Programms in seinem Kabarett ›Les Trois Baudets‹ selbst Chansons zu singen. Obwohl Boris Vian in einer Reihe von Filmen kleinere Rollen gespielt hatte, mußte er für diese öffentlichen Auftritte viele Hemmungen überwinden und sich eine Vortragstechnik erarbeiten. Als Trompeter hatte er Sicherheit und auch Sinn für theatralische Effekte, als Sänger wirkte er eher linkisch. Seine bescheidene, ganz auf inhaltliche Akzente konzentrierte Art des Vortrags und seine knappen sarkastischen Kommentare bewirkten bald ein engagiertes Mitgehen des Publikums. Im Sommer 1955 veranstaltete Canetti eine Tournee durch Frankreich

und Belgien mit dem Programm ›Die täglichen Aufzeichnungen des Major Thompson‹, in das ein Zwanzig-Minuten-Auftritt für Boris Vian eingebaut war. In einigen Städten der französischen Provinz kam es zu Protestaktionen gegen den Autor, als er das Lied vom Deserteur sang.
Durch die Intervention des Bürgermeisters von Dinard wurde es in höchsten Kreisen bekannt. Als andere Sänger es in ihr Repertoire aufnahmen und als es schließlich bei Philips als Schallplatte herauskam, wurde das Lied verboten. ›Der Deserteur‹ wurde von den Militärs so entschieden abgelehnt und unterdrückt, weil der Verfasser einfach »logisch« und entschlossen destruktiv argumentierte, wie ein trotziges Kind, dem Begriffe wie Bürgerpflicht, Patriotismus keinen Eindruck machen können. Vian trug das Chanson auch wie ein Kinderlied vor. Den radikalen Linken war es damals nicht engagiert genug, sie erklärten es für »rein pazifistisch«. Tatsächlich ließ sich der Verfasser auf die Frage »gerechter oder ungerechter Krieg« erst gar nicht ein, denn Krieg hielt er, wie man ihn auch bewerten mochte, für inhuman. Für ihn war nicht der Protest gegen den Krieg wichtig, sondern die Entscheidung, nicht an ihm teilzunehmen. Den protestierenden Militärbehörden hielt er entgegen: »Ich habe kein antimilitaristisches Chanson verfaßt; es handelt sich lediglich um ein für Zivilpersonen bestimmtes Chanson.«
Wesentlich schärfer gegen Krieg und Militär argumentierten denn auch Vian in Liedern wie ›Die fröhlichen Schlächter‹ und ›Das kleine Geschäft‹. Das entscheidende Moment des ›Deserteur‹-Chansons war der Appell an die Haltung des Einzelnen zum Krieg. Kriegsdienstverweigerung war hier keine Frage des Gewissens mehr, sondern der Vernunft. Im ›Deserteur‹ wurde nicht für die Weltfriedensbewegung geworben, sondern zur Desertion aufgefordert, Nicht-Pazifisten inbegriffen. In der ersten Fassung des Liedes billigte Vian Deserteuren die bewaffnete Selbstverteidigung zu. Weil er an die »unpolitischen« Soldaten appellierte, mußte das Chanson verboten werden. Der Regisseur Jean-Luc Godard rührte wenige Jahre später noch einmal an dasselbe Tabu mit seinem Film ›Der kleine Soldat‹, der ebenfalls erst nach Beendigung des Algerienkriegs freigegeben wurde.
Die Versuche Vians, auf dem Gebiet der Schlagerproduktion und der Unterhaltungsindustrie auch als Pädagoge aufzutreten, zahlte sich erst nach seinem Tod aus. Platten mit seinen Texten

erreichen heute viel höhere Auflagen als zu seinen Lebzeiten, vor allen Dingen aber schärften die Texte seiner Chansons allmählich das Gespür und das Interesse eines jugendlichen Publikums für seine Romane, Erzählungen und Theaterstücke. Boris Vian, zuletzt als Filmschauspieler in Pierre Kasts ›Le bel âge‹ und Roger Vadims ›Les Liaisons dangereuses‹ agierend, starb am 23. Juni 1959 bei der Probevorführung der Verfilmung von ›Ich werde auf eure Gräber spucken‹, auf die er keinen Einfluß nehmen konnte. Zum letzten Mal überschattete Vernon Sullivan die künstlerische Reputation seines Schöpfers. Inzwischen haben Vians Werke seinen Ruhm als Pornoautor, seine Masken und seine Legenden längst eingeholt. Im Fall dieses Schriftstellers haben sich die Leser gegen die Kritiker entschieden, getreu der Mahnung Vians: »Die Literatur den Schwachsinnigen überlassen, heißt soviel wie die Wissenschaft den Militärs überlassen.«

Folgende fünf Romane beziehungsweise Erzählungen nannte Boris Vian als die ihm liebsten Bücher:

Benjamin Constant, *Adolphe*
Alfred Jarry, *Heldentaten und Meinungen des Doktor Faustroll, Pataphysiker*
Franz Kafka, In der Strafkolonie
William Faulkner, *Wendemarke (Pylon)*
Raymond Queneau, *Ein strenger Winter*

Unterhaltung mit einem Adjutanten

(Operettenadjutanten, das versteht sich von selbst)

– Name?
– Vian, Herr Adjutant.
– Vorname?
– Boris, Herr Adjutant.
– Sind Sie Ausländer? Armenier? Wohl einer von denen mit Niederlassung?
– Leider nein, Herr Adjutant. Ich bin aus Ville-d'Avray, Seine-et-Oise. – Vorname des Vaters: Paul, Vorname der Mutter: Yvonne, und aller Wahrscheinlichkeit nach kommt Vian von Viana, von Italien, von der italienischen Schwester jedenfalls.
– Sind Sie etwa der Cousin von Admiral Philip Vian?
– Leider nein, Herr Adjutant. Berühmte Verwandte habe ich nicht, mit Ausnahme meiner Großeltern, die Eisenschmiede und Spezialisten für Bronzearbeiten waren und die den ehrenvollen Auftrag bekamen, Gitter für den Landsitz von Edmond Rostand in Arnaga herzustellen; ausgesprochen bizarr ist es, daß ich durch Jean Rostand, der unser Nachbar in Ville-d'Avray war, zur Literatur gekommen bin...
– Ach, Sie schreiben... Das hätte ich mir denken können.
– O, Herr Adjutant, ich habe mehrere Berufe, ich bin Ingenieur, Autor, Übersetzer, Musiker, Journalist, Sänger, Jazzkenner und nunmehr künstlerischer Leiter einer Schallplattenfirma.
– Donnerwetter... beachtlich... schön und gut, aber, wie sagt man... wer viel anpackt, packt nichts gründlich an.
– Das hängt davon ab, was man für Arme hat, Herr Adjutant... Schauen Sie meine an... Ich bin wie ein Affe gebaut... Geschaffen für die (Agri-)Kultur, die Sie auf die nackte Scholle preßt.
– Verspotten Sie mich nicht, oder ich trete Ihnen ins... Wenn ich das Wort Kultur höre, entsichere ich meinen Revolver.
– Das ist nicht von Ihnen, Herr Adjutant...
– Das ist einerlei! Ich scheiß auf die Intellektuellen...
– Nun, Herr Adjutant, der Kerl, der diesen Revolver erfunden hat, ohne den Sie machtlos sind, glauben Sie nicht, daß der auch ein bißchen intellektuell war?
– Wiederholen Sie diesen Schwachsinn

– Und der oder diejenigen, die diese Sprache erfunden haben, derer Sie sich so vorzüglich zu bedienen wissen, Herr Adjutant, waren das keine Intellektuellen?
– Worauf wollen Sie hinaus?
– Und der Erfinder von Dienstgraden bei Armee und Pfaffen, was ja ziemlich auf eins herauskommt, weil doch der Säbel dem Weihwasserwedel die Hand führt, der hätte nicht stärker gesponnen als der Nachbar?
– Kleine Schlaumeier wie Sie imponieren mir nicht! Das Lied kenne ich!
– Schon gut, nicht ich... ich hau nun ab, Herr Adjutant... Ich werde mich zu Ihnen aufrichten müssen, da Sie sich nun einmal nicht zu mir herablassen wollen... Ich werde Ihnen ein Handbuch des Chansonnier-Anwärters zu verdauen geben, damit Sie mir darüber wieder neue...
– Schluß jetzt!
– Klar, Herr Adjutant, ich verdufte!

Vom Verleger verworfener Buchumschlag von Siné zu Vians Abhandlung über Chansons »En avant la Zizique«

Der Deserteur

Verehrter Präsident
Ich sende Euch ein Schreiben
Lest oder laßt es bleiben
Wenn Euch die Zeit sehr brennt.

Man schickt mir da, gebt acht
Die Militärpapiere
Daß ich in den Krieg marschiere
Und das vor Mittwoch nacht.

Verehrter Präsident
Das werde ich nicht machen
Das wäre ja zum Lachen
Ich hab kein Kriegstalent.

Sei's Euch auch zum Verdruß
Ihr könnt mir's nicht befehlen
Ich will's Euch nicht verhehlen
Daß ich desertieren muß.

Seit ich auf Erden bin
Sah ich den Vater sterben
Sah meine Brüder sterben
Und weinen nur mein Kind.

Sah Mutters große Not
Nun liegt sie schon im Grabe
Verlacht den Bombenhagel
Und treibt mit Würmern Spott.

Als ich Gefangner war
Ging meine Frau verdienen
Ich sah nur noch Ruinen
Nichts blieb, was mir mal war.

Früh wenn die Hähne krähen
Dann schließ ich meine Türen
Und will die Toten spüren
Und auf die Straße gehen.

Ich nehm den Bettelstab
Auf meiner Tour de France
Durch Bretagne und Provence
Und sag den Menschen dies:

Verweigert Krieg, Gewehr
Verweigert Waffentragen
Ihr müßt schon etwas wagen
Verweigert's Militär.

Ihr predigt, Kompliment
Doch wollt Ihr Blut vergießen
Dann laßt das Eure fließen
Verehrter Präsident.

Sagt Eurer Polizei
Sie würde mich schon schaffen
Denn ich bin ohne Waffen
Zu schießen steht ihr frei.

(Variante zur Schlußstrophe, nur in Notfällen zu singen)

Sagt Eurer Polizei
Sie würde mich nicht schaffen
Denn ich besitze Waffen
Und schieße nicht vorbei.

Zeichnung von Siné

Die fröhlichen Schlächter

Das ist der Tango der Schlächter von La Villette
Das ist der Tango der Schlachthoffusiliere
Sammelt Gekröse und Nierenmark
Und trinkt vom Blut bevor es schwarz wird
Blut muß fließen

Die Menschen müssen was zu fressen haben
Die Reichen müssen sich stopfen können
Die Armen müssen sich mästen können
Blut muß fließen

Die beauftragten Händler am Platz
Stopft ihnen voll ihren Latz·
Mit einem Achthundertfrancfilet
Blut muß fließen

Damit die Felle gegerbt werden können
Damit die Füße paniert werden können
Damit wir die Köpfe einpökeln können
Blut muß fließen

Fleischmassen muß man verzehren
Um fett zu sein, wenn man stirbt
Und sich von Schlachtliedern nähren
Blut muß fließen... Noch mehr!

Das ist der Tango der Schlächter von La Villette
Das ist der Tango der Schlachthoffusiliere
Sammelt Gekröse und Nierenmark
Und trinkt vom Blut bevor es schwarz wird
Blut muß fließen

Stütz dich auf das Bajonett
Du mußt dich fügen oder furz ins Bett
Außer dein Kopf ist ein hartes Brett
Blut muß fließen

Du mußt sie niederstrecken
Peinlich, wenn es Vettern sind
Sie müssen eben halt verrecken
Blut muß fließen

Tust du nicht deine Pflicht
Zögern deine Kumpel dann nicht
Und hast du dein Leben verwirkt
Blut muß fließen

Morgen bist du an der Reih
Morgen bist du auch dabei
Was heißt schon Mensch, was Liebe
Blut muß fließen... Noch mehr!

Das ist der Tango der fröhlichen Militärverehrer
Von Hiroshima, Buchenwald und anderswo
Das ist der Tango der berühmten Kriegsbegehrer
Das ist der Tango aller Totengräber
Blut muß fließen

»Metzger«, Zeichnung von Siné

Der kleine Mann ist der wahre Schuldige

Ist ein General ohne Soldaten gefährlich?
Ein Polizeichef oder Präfekt ohne Polizisten?
Ein Papst ohne Kardinäle, ohne Erzbischöfe und ohne Pfarrer?
Mir wären diese recht.
Die Engländer wissen: ein König ohne Macht ist im besten Sinne harmlos.
Aber der kleine Mann ist eine ausschlaggebende Kraft.
Hunderte kleine Leute sind eine Gefahr für den Einzelnen.
Hunderttausend kleine Leute reichen für einen Krieg.
Hundert Millionen kleine Leute machen das Unglück der Menschheit aus.
Der Direktor der Französischen Eisenbahn ist nicht in der Lage, von seinem Schreibtisch aus einen Zug entgleisen zu lassen; um das tun zu können, muß er sich in einen Weichensteller verwandeln – oder in einen kleinen Mann – und die Signale verstellen.
Aber ein Weichensteller! Da sitzt man am Hebel.
Hitler ganz allein! Ein herrliches Schauspiel.
Aber 85 Millionen kleine Leute hinter ihm, da hört der Spaß auf.
Hitler ist tot, die kleinen Leute leben weiter und geben sich Mühe, einen harmlosen Eindruck zu machen – wie alle kleinen Leute der Welt.
Die kleinen Leute hassen sich untereinander; aber vereinigt nennen sie sich Volk und sind nicht zu schlagen.
Der Individualismus des Volkes ist der einzige Schutz gegen den kleinen Mann. Der kleine Mann weiß das nur zu gut. Hätte man nur Admiräle bei der Marine, es gäbe keine Seeschlachten mehr.

Der Politische

Sie haben an meine Tür geklopft
Ich bin aufgestanden
Sie sind in mein Zimmer eingedrungen
Ich mußte mich ankleiden.

Die Sonne schien durchs Fenster
Ihre Strahlen fielen auf den Boden
Sie sagten, zieh dir deine Schuhe an
Im Treppenhaus wurde gesungen.

Ich bin die Stufen hinuntergegangen
Von zwei Uniformen umrahmt
Unterwegs an einer Ecke
Erwachte ein Clochard.

Sie werden mir tüchtig einheizen
Mich mit Scheinwerfern blenden
Und mir die Knochen brechen
Mit Stiefeltritten.

Aber ich werde nichts sagen
Denn ich habe nichts zu sagen
Ich glaube an das, was ich liebe
Und ihr wißt es nur zu gut.

Sie haben mich hierher geschleppt
In den großen, roten Saal
Sie haben mich in einen Winkel gepfercht
Wie ein Stück Vieh … wie einen Hund.

Sie haben nach meinem Alter gefragt
Siebenundzwanzig war meine Antwort
Sie haben nur Lügen notiert
In die dicken Register.

Sie wollten, daß ich alle Lieder wiederhole
Die ich bisher gesungen habe
Auf dem Ärmel des Schreibers
Krabbelte eine Fliege.

Wer hat euch das Recht gegeben
Über andere zu Gericht zu sitzen
Vielleicht euer schwarzer Talar
Oder eure Leichenbittermienen?

Ich werde euch nichts sagen
Denn ich habe nichts zu sagen
Ich glaube an das, was ich liebe
Und ihr wißt es nur zu gut.

Sie haben mich zurück in die Zelle gebracht
Sie kommen täglich zu mir
Sie möchten gerne, daß ich singe
Ich lache nur über ihr Gerede.

Ich pfeife auf Drohungen
Ich pfeife auf eure Tritte
Die Sonne geht um sieben auf
Sie weckt mich in meinem Verließ.

Schon vor Sonnenaufgang
Wird einer kommen
Mir das Hemd zerfetzen
Mir die Hände binden.

Wollt ihr, daß ich lebe
So laßt mich endlich frei
Wollt ihr, daß ich sterbe
Wozu mich dann erst foltern?

Denn ich werde hier nichts sagen
Ich habe nichts zu sagen
Ich glaube an das, was ich liebe
Und ihr wißt es nur zu gut!

Das kleine Geschäft

1
Ich habe Seife verkauft
Die ist nicht gegangen
Ich hab Krawatten verkauft
Leute an den Türen abgefangen
Ich hab Scheren verkauft
Danach Solinger Klingen
Schildpattkämme verkauft
Feile und Hackbrettchen auch
Ich hab's dann mit Beeren versucht
Ich hab's mit Maiglöckchen probiert
Ich hab Stühle geflochten
Und Waschbecken repariert
Ich hab meinen Karren gezogen
Über das holprige Pflaster
Ich hätte bald meinen Kopf verloren
Doch schließlich fand ich den richtigen Zaster

Ich fahr' im Cadillac durch die Straßen von Paris
Seit ich richtig zu leben weiß
Ich hab 'n kleines Schloß, drei Diener und 'nen Chauffeur
Und die Polyp'n grüßen mich wie ein'n der ihr'n
Verkaufe Kanonen
Kurze und lange
Große und kleine
In jeder Preislage
Es gibt immer Liebhaber für diese Dinger
Ich bin Kanonenhändler, kommt, das ist was für eure Kinder
Kanonen zu verkaufen!

2

Aus eurem alten Eisen
Macht man dieses Zeug
Mit einer Zerstörungskraft
Die jeden Nachbarn schafft
Das erfordert viel Energie
Von unseren Arbeitern
Doch die haben sie
Für ein Häuschen beizeiten
Um zu Geld zu kommen
Schafft man sich Kinder an
Kassiert Versicherungssummen
Und die Zulagen dann
Aber das bringt weiter nichts
Denn wenn sie erwachsen sind
Werden sie im Takt
Krepieren für einige Francs

Ich verkaufte Kanonen in den Straßen der Welt
Und mein Geschäft ist verdammt gut gegangen
Von allen Friedhofslieferanten bekam ich viel Geld
Aber jetzt muß ich wieder zu Fuß geh'n
All meine guten Kunden
Gingen singend zugrund
Allein nun weit und breit
Von den Sorgen befreit
Steh ich an Ecken alter Straßen, guten Herzens, leichten Fuß'
Und tanz' die Carmagnole, es gibt niemand mehr zum Gruß
Kanonen im Ausverkauf!

Der Gefangene

1
Ein Soldat schleppte sich auf der Straße hin
Die Hände gefesselt, wozu
Ein Soldat schleppte sich auf der Straße hin
Mit seinen alten Schuhen
Überall in der Stadt
Gab es Witwen
Die ihn so traurig sahen
Und sie fingen zu weinen an
Geh zu, tapfrer Soldat, geh zu
Auf der Straße, geh zu
Sie haben dich zum Gefangenen gemacht

2
Sie haben ihn auf eine Festung gebracht
Die Hände gefesselt, wozu
Sie haben ihn auf eine Festung gebracht
Ihn aufgehängt an den Füßen im Flur
Und dann sind Männer gekommen
Bewaffnet mit scharfen Klingen
Schon hat das Blut begonnen
Auf seiner Haut zu rinnen
O sprich, tapfrer Soldat, o sprich
So sprich nur, du mußt
Denn du bist Gefangener

3
Wenn ich sage, was ich nicht sagen will
So kann ich ja bald gehn
Wenn ich sage, was ich nicht sagen will
Werdet ihr mich frei sehn
Aber wenn ich schweigen will

Werde ich niemals wiedersehn
Weder Frau noch Mutter
Nie mehr die Kinder sehn
Weine, tapfrer Soldat, weine
Weinen mußt auch du
Wie die Gefangenen

4
Nachdem er seine Kameraden verraten hat
Haben sie ihn gehen lassen
Nachdem er seine Kameraden verraten hat
Haben sie ihn gehen lassen
Beladen mit seiner Schande
Macht er sich auf den Weg
Geschändet von dieser Bande
Mit seinen alten Schuhen
Geh zu, tapfrer Soldat, geh zu
Auf der Straße, geh zu
Denn du bist wieder frei

5
Er kommt in seine Wohnung zurück
Viel Zeit ist vergangen
Er kommt in seine Wohnung zurück
'Nen Brief hat er empfangen
Verzeih mir, mein Mann, nur
Man kann nicht immer hier
Schlafen mit einem Traum
Und verzichten auf die Amour
Krepier, tapfrer Soldat, krepier
Besser ist, du krepierst
Man wird dich begraben...

Ich saufe

Ich sauf', ich hab mein System
Ich will die Kerle meiner Frau vergessen
Ich sauf', ich hab mein System
Ich will all die blöde Scheiße vergessen

Ich sauf', ganz gleich welchen Dreck
Hauptsache, er hat seine zwölf Prozent weg
Ich sauf' auch den schlechtesten Saft
Das ist ekelhaft, aber die Zeit geht rum

Ist das Leben denn so lustig
Ist das Leben denn so wichtig
Das sind meine Fragen
Ist das Leben lebenswert
Ist die Liebe Hörner wert
Das sind meine Fragen
Auf die kein Mensch Antwort gibt... und

Ich sauf', ich hab mein System
Ich will den nächsten Mietzahltag vergessen
Ich sauf', ich hab mein System
Ich bin ja erst zwanzig gewesen

Ich sauf', es macht keinen Spaß
Um besoffen zu sein, um meine Fresse nicht mehr zu sehn

Ich sauf', so oft mir nur Zeit dafür bleibt
Damit ich nicht sag, ich mach Schluß.

Gefährliche Verletzungen

1
Du hast ihn getroffen, hör ich
In einem kleinen Bistro
Wo du frühmorgens gewöhnlich
Deinen Kaffee runterschlürfst
Alle Tage kam er dorthin
Du hattest es satt
Ihn immer so traurig anzusehn
Du fandest ihn nett
Und gestern abend nahmt ihr bei dir einen Drink
Da warst du lustig wie ein Fink.

Seine Augen, sie gefielen dir so
Sie haben dir geschmeichelt
Mit einem zärtlichen Blick von irgendwo
Sein Mund, er gefiel dir so
Hat dir heiße Worte
Geflüstert ins Ohr
Sein Herz, es gefiel dir so
Schlug ganz leise
Im Rhythmus von Träumen und froh
Seine Hände, sie gefielen dir so
Umschlangen deine Hände
Mit einer betörenden Geste, nur so.

2
Er hatte schöne Augen
Seine Hände waren zart
Und hinreißend sein Mund
Er war allein und smart
Du dachtest an sein Herz
Du wolltest, daß es sich regt
Sein armes Leben dir vor Augen
Wolltest du ihn heiter machen
Aber gestern abend nahmt ihr bei ihm einen Drink
Da war er lustig wie ein Fink.

Seine Augen, sie gefielen dir so
Sahen Blut
Fließen über den Tisch
Sein Herz, es gefiel dir so
Schlug heftig
Vor Liebe schwärmerisch
Sein Mund, er gefiel dir so
Flüsterte Worte
Die berückten dich
Seine Hände, sie gefielen dir so
Stießen das Messer
In einen weißen Bauch
Er bereitete einen Fisch.

Ich liebe nur mich

Man wirft mir vor, niemand zu lieben
Man sagt mir, ich sei gräßlich, ich hätte kein Herz
Alle Welt schnauzt mich an, man hält mich für durchtrieben
Mir ist das egal, es bereitet mir keinen Schmerz

Ich liebe mich
Ich fühle mich niemals allein
Ich liebe mich
Ich leiste meiner Kälte Gesellschaft
Klasse
Wenn jemand blickt
Grimasse
Und mich bringt sie zum Lachen
Ich weiß nicht, weshalb man sagt
Mit sich selbst langweile man sich
Ich langweile mich nie, ich leg mich ins Bett
Das ist ein schönes Leben
Ich liebe mich
Ich werde mich nicht nach dir sehnen
Ich liebe mich
Und erspare mir Eifersuchtsszenen

Eines Tages tritt ein Mann in mein Leben
Ich gefalle ihm, er will meinen Körper seh'n
Ich kenne sie, sie beneiden mich sehr
Aber mir ist das egal und ich kann ihn entbehr'n

Ich liebe mich
Es ist zwecklos, auf mich zu warten
Ganz gleich
Ich folge dir nicht
Ich liebe mich
Mit mir bin ich zärtlich
Ich liebe mich
Denn ich liebe nur mich

Vielleicht kommt mal ein trauriger Abend
Und treff ich dann einen schönen Jungen
Sag ich ihm, ohne viel Worte zu machen
Komm mich besuchen
Ich liebe mich
Und sag dir nicht gleich
Ich liebe dich
Denn zuvor liebe ich mich.

Tanz der Komplexe

1
Sie heißt Marie-France, sie ist gerade zwanzig
Ein Steuerinspektor hat sie eben als Braut heimgeführt
Ein junger Mann, der eine glänzende Karriere vor sich hat
Aber seit ihrer Hochzeit sagt jeder, wenn er sie sieht

Tanz der Komplexe
S'hat ihr was ausgemacht

Man muß sie psychoanalysier'n
Bei einem Arzt mal richtig kurier'n
Sie muß doch ihre Komplexe verlieren
Sonst wird sie am Ende nichts mehr kapieren

2
Sie langweilt sich tags in ihrem Appartement
Und zum Zeitvertreib setzt sie im Bad
Kaulquappen aus und ist ihr Mann mal abends zu Haus
Sieht sie sich an diesen Tierchen satt

Tanz der Komplexe
Sie ist ein bißchen bemacht

Da ist Hoffnung nicht mehr angebracht
Da wird gleich ans Krepieren gedacht
Halt nur, weil sie geheiratet hat
Diesen Klatschmohn, der schon verblüht

3
Sie hat sich zum Racing gemeldet, ums Schwimmen bemüht
Die Kaulquappen hatten sie wohl dazu inspiriert
Und dort wurde sie an einem Sommerabend verführt
Von einem Sporttyp, der kräftig war und ganz ungeniert

Tanz der Komplexe
Nun anders, gebt acht

Denn der Kerl entschloß sich, mit beiden zu leben
Da konnte der Klatschmohn sich plötzlich bewegen
Sein Stengel hat es wieder geschafft
Und er hat den Meisterschwimmer vernascht

Schluß die Komplexe
Aus die Komplexe
Sie wechselt den Sex
Das wär doch gelacht.

Buchumschlagentwurf zu »Abdeckerei für alle« von Jean Boullet

Die Ameisen

1 Heute morgen sind wir angekommen, und man empfing uns nicht gut, denn es war niemand am Strand außer einem Haufen Toter und Stücke von Toten, Tanks und demolierten Lastwagen. Aus allen Ecken Kugeln, und ich mag das nicht, diese Unordnung zum Spaß. Wir sind ins Wasser gehüpft, aber es war tiefer, als es aussah, und ich bin auf einer Konservenbüchse ausgerutscht. Dem Vogel, der genau hinter mir war, hat eine Kugel dreiviertel seines Gesichts weggerissen, und ich habe die Konservenbüchse zur Erinnerung behalten. Die Stücke von seinem Gesicht habe ich in meinen Helm getan, ihm gegeben, und er ist weggegangen, um sich behandeln zu lassen, aber offenbar den falschen Weg, denn er ist ins Wasser gegangen, bis er nicht mehr stehen konnte, und ich glaube nicht, daß er unter Wasser genug sieht, um sich nicht zu verlaufen.
Danach bin ich in der richtigen Richtung weitergegangen und kam gerade zurecht, um ein Bein mitten ins Gesicht zu kriegen. Ich habe versucht, den Kerl anzuschnauzen, aber die Mine hatte nicht sehr handliche Stücke von ihm übriggelassen, so daß ich seine Geste ignorierte, und ich bin weiter.
Nach zehn Metern bin ich auf drei andere Vögel gestoßen, die hinter einem Betonblock standen und auf ein Stück Mauer schossen, etwas höher. Sie schwitzten und trieften vor Nässe, mir ging es wohl nicht anders, da habe ich mich hingekniet und auch geschossen. Der Oberleutnant ist zurückgekommen, er hielt seinen Kopf mit den Händen, und es lief rot aus seinem Mund. Er schien sauer zu sein und hat sich schnell in den Sand gelegt, mit offenem Mund und ausgestreckten Armen. Er muß den Sand ziemlich verdreckt haben. Eine der wenigen Stellen, die noch sauber waren.
Von da aus sah unser gestrandetes Boot zuerst ganz idiotisch aus, später, als die beiden Granaten darauf gefallen sind, nicht einmal mehr wie ein Boot. Das hat mir überhaupt nicht gefallen, weil noch zwei Freunde drin waren, die Kugeln abbekommen hatten, als sie zum Springen hoch wollten. Ich habe den dreien, die mit mir schossen, auf die Schulter geklopft und gesagt: »Los«. Natür-

lich habe ich ihnen den Vortritt gelassen, und ich habe einen guten Riecher gehabt, denn der erste und der zweite sind von den beiden andern, die aus dem Hinterhalt auf uns schossen, abgeknallt worden, und es blieb nur noch einer vor mir, der arme Hund, er hatte kein Glück, kaum hatte er den Schlimmsten geschafft, hatte der andere gerade noch genug Zeit, ihn umzulegen, bevor ich mich mit ihm beschäftigte.
Diese beiden Säue, hinter dem Mauervorsprung hatten sie ein Maschinengewehr und einen Haufen Patronen. Ich habe es in die andere Richtung gedreht und losgefeuert, aber ich habe gleich wieder aufgehört, weil es mir die Ohren vollgeheult hat, und außerdem kriegte es eine Ladehemmung. Die Dinger müssen richtig eingestellt sein, sonst schießen sie in die falsche Richtung.
Dort war ich einigermaßen sicher. Oberhalb des Strandes hatte man gute Sicht. Auf dem Meer rauchte es an allen Ecken, und das Wasser spritzte hoch. Man sah auch die Blitze von den Salven der dicken Schlachtschiffe, und ihre Granaten flogen einem mit komisch dumpfem Lärm über den Kopf, ein durch die Luft getriebenes zylindrisches Stück Geräusch.
Der Hauptmann ist angekommen. Wir waren noch elf. Er hat gesagt, daß das nicht viel ist, aber wir würden es auch so schaffen. Später sind wir aufgefüllt worden. Für den Augenblick hat er uns Löcher graben lassen; zum Schlafen, dachte ich, aber nein, wir mußten rein und weiterschießen.
Zum Glück klärte es sich auf. Aus den Booten kam jetzt haufenweise Nachschub an Land, aber die Fische schwammen ihnen zwischen die Beine, um sich für das Durcheinander zu rächen, und die meisten fielen ins Wasser, und beim Aufstehen röchelten sie, als gingen sie hinüber. Einige standen nicht wieder auf und trieben mit den Wellen weg, und der Hauptmann hat uns sofort befohlen, das Maschinengewehrnest auszuheben, das hinter dem vorrückenden Tank wieder zu hämmern begonnen hatte.
Wir sind hinter dem Tank gegangen. Ich als letzter, weil ich kein Vertrauen in die Bremsen dieser Apparate habe. Hinter einem Panzer hergehen ist jedenfalls bequemer, weil man sich nicht mehr im Stacheldraht zu verhaspeln braucht, und die Pfähle fallen von selbst. Aber mir gefiel nicht, wie er die Leichen zermanschte, mit einem Geräusch, an das man sich schlecht erinnern kann – für den Moment ist es ziemlich charakteristisch.
Nach drei Minuten ist er auf einer Mine hochgegangen und fing

an zu brennen. Zwei Kerle konnten nicht raus, und der dritte konnte, aber einer seiner Füße ist im Tank geblieben, und ich weiß nicht, ob er es gemerkt hat, bevor er gestorben ist. Jedenfalls waren schon zwei seiner Granaten auf das Maschinengewehrnest gefallen und hatten sowohl die Eier als auch die Vögel kaputt gemacht. Die an Land kamen, hatten es jetzt leichter, aber dann hat wieder eine Panzerabwehr angefangen, und mindestens zwanzig von ihnen sind ins Wasser gefallen. Ich habe mich flach auf den Bauch geworfen. Von meinem Platz aus konnte ich sie schießen sehen, wenn ich mich ein bißchen vorbeugte. Der Rumpf des ausbrennenden Tanks gab mir etwas Deckung, und ich habe sorgfältig gezielt. Der Richtkanonier krümmte sich im Fallen, ich mußte ein wenig zu tief getroffen haben, aber ich konnte ihm nicht den Rest geben, weil ich erst die drei andern umlegen mußte. Es fiel mir nicht leicht, zum Glück hörte ich durch den Lärm des brennenden Tanks nicht ihr Brüllen – auch den dritten hatte ich schlecht getötet. Im übrigen ging die Knallerei weiter, und es brannte überall. Ich habe meine Augen kräftig gerieben, um besser zu sehen, denn der Schweiß hinderte mich am Sehen, und der Hauptmann ist zurückgekommen. Er benutzte nur seinen linken Arm. »Können Sie mir den rechten ganz fest an den Körper binden?« Ich habe ja gesagt und angefangen, ihn mit Verbänden zu umwickeln, und dann hat er mit beiden Füßen gleichzeitig den Boden fahrenlassen und ist auf mich gefallen, weil eine Granate hinten angekommen war. Er ist sofort steif geworden, das soll vorkommen, wenn man sehr erschöpft stirbt, jedenfalls konnte ich ihn so bequemer von mir runternehmen. Dann muß ich eingeschlafen sein, und als ich aufwachte, kam der Lärm von weiter her, und einer von den Kerlen mit roten Kreuzen um den Helm goß mir Kaffee ein.

2 Danach sind wir ins Landinnere aufgebrochen und haben versucht, die Ratschläge unserer Ausbilder und die Sachen, die man bei Manövern lernt, anzuwenden. Der Jeep von Mike ist vorhin zurückgekommen. Fred fuhr, und Mike war zweigeteilt; mit Mike waren sie auf einen Eisendraht gestoßen. Man montiert jetzt vorn an die anderen Kisten Stahlschneider, denn es ist zu heiß, um mit aufgerichteter Windschutzscheibe herumzufahren.

Es ballert noch an allen Ecken, und wir machen Patrouille auf Patrouille. Ich glaube, wir sind ein bißchen zu schnell vorgerückt und wir haben Mühe, die Verbindung mit dem Nachschub aufrechtzuerhalten. Sie haben uns heute morgen mindestens neun Panzer kaputtgemacht, und es ist eine komische Geschichte passiert: Einem Kerl ist die Bazooka losgegangen, und er ist hinten mit seinem Gurt hängengeblieben. Er hat gewartet, bis er auf vierzig Meter war, dann ist er mit dem Fallschirm abgesprungen. Ich glaube, wir werden Verstärkung anfordern müssen, denn ich höre gerade etwas wie ein großes Scherengeräusch, sie müssen uns von unserer Einheit abgeschnitten haben...

3 ... Das erinnert mich daran, wie sie uns vor sechs Monaten von unserer Einheit abgeschnitten haben. Wir müssen völlig eingekesselt sein, aber jetzt ist der Sommer vorbei. Zum Glück haben wir noch was zu essen, und Munition ist da. Alle zwei Stunden müssen wir uns beim Wachestehen ablösen, es wird anstrengend. Die andern fangen an, sich die Sachen unserer Leute, die sie gefangennehmen, anzuziehen, und wir müssen ungeheuer aufpassen. Elektrisches Licht haben wir auch nicht mehr, und aus allen vier Ecken fliegen einem Granaten um die Ohren. Im Augenblick versuchen wir, wieder Verbindung mit der Einheit aufzunehmen; sie müssen Flugzeuge schicken, die Zigaretten gehen allmählich aus. Draußen ist Krach, irgendwas tut sich, man kommt schon nicht mehr dazu, seinen Helm abzusetzen.

4 Es tat sich schon was. Vier Panzer sind fast bis hierher gekommen. Den ersten habe ich beim Herausgehen gesehen, er ist sofort stehengeblieben. Eine Granate hatte eine seiner Ketten gesprengt, die ist mit dem fürchterlichen Krach, den Eisen machen kann, geplatzt, aber wegen sowas hörte die Panzerkanone noch lange nicht auf zu schießen. Wir haben einen Flammenwerfer genommen; das Blöde an dem System ist, daß man erst den Turm des Panzers aufschlitzen muß, bevor man den Flammenwerfer benutzt, sonst platzt er (wie die Kastanien), und die Kerls drin werden schlecht geröstet. Zu dritt wollten wir den Turm mit einer

Metallsäge aufschlitzen, aber zwei andere Panzer kamen, und wir mußten ihn wohl oder übel ohne Aufschlitzen hochgehen lassen. Der zweite ist auch hochgegangen, und der dritte hat kehrt gemacht, aber das war eine Finte, denn er war im Rückwärtsgang angekommen; es hatte uns auch ein bißchen gewundert, daß er auf die Kerle zielte, die ihm folgten. Als Geburtstagsgeschenk hat er uns zwölf achtundachtziger Granaten geschickt; wir müssen das Haus wieder aufbauen, wenn wir es noch mal benutzen wollen, aber es wird schneller gehen, wenn wir ein neues nehmen. Wir sind diesen dritten Panzer schließlich losgeworden, weil wir eine Bazooka mit Niespulver geladen haben, und die da drin haben sich die Schädel dermaßen an den Panzerwänden gerieben, daß wir nur Leichen herausgeholt haben. Bloß der Fahrer lebte noch ein bißchen, aber sein Kopf hatte sich im Steuer verfangen, ohne daß er ihn herausziehen konnte, da haben wir lieber, um den Panzer, dem nichts fehlte, nicht zu beschädigen, dem Kerl den Kopf abgeschnitten. Hinter dem Panzer sind Motorradfahrer mit leichten Maschinengewehren aufgetaucht, die wie die Irren drauflos mähten, aber wir haben es geschafft, sie mit einem alten Dreschautomaten fertigzumachen. Zwischendurch fielen uns auch einige Bomben auf den Kopf und sogar ein Flugzeug, das unsere Flak aus Versehen abgeschossen hatte, denn eigentlich schoß sie auf Panzer. Wir haben in der Kompanie Simon, Morton, Buck und P. C. verloren, es bleiben uns die andern und ein Arm von Slim.

5 Immer noch eingekesselt. Jetzt regnet es seit zwei Tagen. Auf dem Dach liegt nur noch jeder zweite Ziegel, aber die Tropfen fallen genau an der richtigen Stelle, und wir sind nicht wirklich naß. Keinen Schimmer, wie lange das noch dauern wird. Ewig Patrouillen, aber es ist ziemlich schwer, ohne Übung durch ein Scherenfernrohr zu sehen, und anstrengend, länger als eine Viertelstunde bis über den Kopf im Schlamm zu stehen. Gestern sind wir auf eine andere Patrouille gestoßen. Wir wußten nicht, ob es eigene Leute waren oder welche von drüben, aber unter dem Schlamm konnte man ruhig schießen, denn man kann sich da unmöglich wehtun, nur die Zünder gehen los. Wir haben alles versucht, um den Schlamm loszuwerden. Wir haben Benzin darüber gekippt; es brennt ihn trocken, aber hinterher verbrennt man sich beim Drüberlaufen die Füße. Das beste wäre wegbaggern bis auf den festen Boden, aber auf festem Boden sind Patrouillen noch schwieriger als im Schlamm. Man könnte sich wohl oder übel darin einrichten. Lästig ist nur, daß es inzwischen soweit ist, daß er anfängt, Gezeiten zu haben. Im Augenblick geht es, er steht in Zaunhöhe, leider steigt er nachher wieder bis zur ersten Etage, und das, das ist unangenehm.

6 Heute morgen ist mir eine blöde Sache passiert. Unter dem Schutzdach hinter der Baracke wollte ich was Lustiges für die beiden Kerle aushecken, die man durch das Fernrohr sehr gut beobachten kann, wie sie uns beobachten. Ich hatte einen kleinen 81er Mörser und verstaute ihn in einem Kinderwagen, und Johnny sollte sich als Bäuerin verkleiden und ihn spazierenfahren, aber zuerst ist mir der Mörser auf den Fuß gefallen; sowas passiert mir jetzt öfters, und dann, während ich mich langlegte und mir den Fuß hielt, ist er losgegangen und hat im zweiten Stock eins dieser Flügeldinger in die Luft gejagt, genau ins Klavier des Hauptmanns, der gerade Jada spielte. Das hat einen Höllenlärm gemacht, das Klavier ist futsch, aber das unangenehmste war, daß dem Hauptmann nichts fehlte, jedenfalls nicht genug, um ihn davon abzuhalten, brutal zu werden. Zum Glück hat kurz darauf ein 88er das gleiche Zimmer getroffen. Der Hauptmann hat nicht daran gedacht, daß sie sich am Rauch der ersten Detonation orientiert hatten, und sich bei mir bedankt, indem er erklärte, ich hätte ihm das Leben gerettet, weil er meinetwegen heruntergekommen sei; mir war das jetzt völlig gleichgültig, wegen meiner beiden eingeschlagenen Zähne und auch, weil alle seine Flaschen genau unter dem Klavier gestanden hatten. Wir werden immer enger eingekesselt, ununterbrochen prasselt es auf uns. Zum Glück fängt das Wetter an sich zu beruhigen, es regnet nur noch neun von zwölf Stunden, in einem Monat können wir auf Verstärkung aus der Luft rechnen. Proviant ist da für drei Tage.

7 Die Flugzeuge fangen an, uns per Fallschirm Zeug runterzuwerfen. Ich erlebte eine Enttäuschung, als ich das erste Ding öffnete, es war ein Haufen Medikamente drin. Ich habe sie beim Doktor gegen zwei Tafeln Haselnußschokolade eingetauscht, von der guten Sorte, nicht der Mist aus den Rationen, und gegen eine halbe Flasche Kognak, aber der Doktor hat sich revanchiert, indem er mir meinen zerquetschten Fuß geflickt hat. Ich mußte ihm den Kognak zurückgeben, sonst hätte ich jetzt nur noch einen Fuß. Oben fängt's wieder an zu brummen, der Himmel hat sich ein bißchen aufgehellt, und sie schicken wieder Fallschirme, aber es sieht so aus, als wären es diesmal Kerle.

8 Es waren wirklich Kerle. Zwei Spinner waren dabei. Sie sollen den ganzen Flug über Judogriffe geübt, sich mit Kastanien beschmissen und unter die Sitze geschubst haben. Sie sind gleichzeitig abgesprungen und haben Sich-mit-dem-Messer-die-Fallschirmleine-Zerschneiden gespielt. Leider hat der Wind sie getrennt, so daß sie mit Gewehrschüssen weitermachen mußten. Ich habe selten so gute Schützen gesehen. Wir begraben sie gleich, weil sie ein bißchen von zu hoch runtergefallen sind.

9 Wir sind eingekesselt. Unsere Panzer sind zurückgekommen, aber die andern haben auch nicht durchgehalten. Ich konnte nicht richtig loslegen, wegen meines Fußes, aber ich habe den Kameraden Mut gemacht. Es war sehr aufregend. Vom Fenster aus konnte ich gut sehen, und die gestern eingetroffenen Fallschirmjäger führten sich auf wie die Teufel. Ich habe jetzt ein Halstuch aus Fallschirmseide, gelb und grün auf braun, paßt gut zu meiner Bartfarbe, aber morgen werde ich mich für den Erholungsurlaub rasieren. Ich war so aufgeregt, daß ich einen Ziegel über Johnnys Kopf geschwungen habe, der gerade einen Kerl verfehlt hatte, und jetzt fehlen mir noch zwei Zähne. Dieser Krieg schadet den Zähnen.

10 Gewohnheit stumpft die Gefühle ab. Das habe ich zu Huguette gesagt – Namen haben die –, als ich mit ihr im Kasino vom Roten Kreuz tanzte, und sie hat geantwortet: »Sie sind ein Held«, aber ich hatte keine Zeit, mir eine geistreiche Antwort einfallen zu lassen, denn Mac tippte mir auf die Schulter, da mußte ich sie ihm lassen. Mit den andern war kaum zu reden, und dieses Orchester spielte viel zu schnell. Mein Fuß macht noch ein bißchen Ärger, aber in vierzehn Tagen ist Schluß, dann fahren wir zurück. Ich habe mich einem von unseren Mädchen an den Hals geworfen, aber der Uniformstoff ist zu dick, stumpft auch die Gefühle ab. Hier gibt es viele Mädchen, die verstehen sogar, was man ihnen sagt, und da bin ich rot geworden, aber man kann nicht viel mit ihnen anfangen. Ich bin rausgegangen, ich habe gleich eine Menge anderer gefunden, nicht diesselbe Sorte, sondern schneller von Begriff, aber es kostet mindestens 500 Francs, und auch nur, weil ich verwundet bin. Komisch, die haben einen deutschen Akzent.
Danach habe ich Mac verloren und viel Kognak getrunken. Heute morgen habe ich ungeheure Kopfschmerzen an der Stelle, wo eine M.P. draufgehauen wurde. Ich habe kein Geld mehr, weil ich schließlich einem englischen Offizier französische Zigaretten abgekauft habe, sie haben im Rachen gekratzt. Ich habe sie eben weggeworfen, miserables Zeug, er hatte seine Gründe, sie loszuwerden.

11 Wenn man aus den Läden vom Roten Kreuz mit einem Karton voll Zigaretten, Seife, Süßigkeiten und Zeitungen rauskommt, verfolgen sie einen mit den Augen die Straße runter, und ich verstehe nicht warum, denn sie verkaufen ihren Kognak bestimmt teuer genug, um auch von dem Zeug kaufen zu können, und ihre Frauen machen es auch nicht umsonst. Mein Fuß ist fast wieder in Ordnung. Ich glaube nicht, daß ich hier noch lange bleibe. Ich habe die Zigaretten verkauft, um ein bißchen auszugehen, und dann habe ich Mac angehauen, aber der rückt so leicht keine raus. Es wird langsam langweilig. Heute abend gehe ich mit Jacqueline ins Kino, die habe ich gestern abend im Club kennengelernt, aber ich glaube, sie ist schwer von Begriff, denn sie nimmt meine Hand jedesmal weg, und beim Tanzen bewegt sie sich überhaupt nicht. Die Soldaten hier machen einen gruseln, völlig verlumpt, und nicht zwei tragen die gleiche Uniform. Man kann eigentlich nichts anderes tun, als auf den Abend warten.

12 Wieder zurück. Die Stadt ist doch weniger langweilig. Wir rücken sehr langsam vor. Jedesmal, wenn die Artillerie reinen Tisch gemacht hat, wird eine Patrouille losgeschickt, und jedesmal kommt einer der Patrouillenkerle von Einzelschützen erledigt zurück. Dann fängt wieder die Artillerie an, Flugzeuge werden geschickt, die alles zusammenhauen, und zwei Minuten später fangen die Einzelschützen wieder an zu schießen. Gerade kommen wieder die Flugzeuge, ich zähle 72. Keine sehr großen Flugzeuge, aber das Dorf ist klein. Von hier aus sieht man, wie die Bomben spiralförmig runtergehen, das macht ein etwas dumpfes Geräusch, mit schönen Staubsäulen. Wir werden wieder angreifen, aber erst muß eine Patrouille geschickt werden. Das sieht mir ähnlich, ich bin dabei. Etwa anderthalb Kilometer müssen wir zu Fuß, und ich laufe nicht gern so lange, aber in diesem Krieg hat man keine Wahl. Wir hocken uns hinter den Schutt der ersten Häuser, und ich glaube, in dem Dorf steht von vorn bis hinten sowieso keins mehr. Es scheinen auch nicht viel Einwohner übriggeblieben zu sein, und die, die wir sehen, machen ein komisches Gesicht, sofern sie noch eins haben, aber sie müßten verstehen, daß wir es nicht riskieren können, Leute zu verlieren, um sie und ihre Häuser zu retten; dreiviertel der Häuser sind sowieso sehr alt und wertlos. Und außerdem ist es ihr einziges Mittel, die anderen loszuwerden. Das verstehen sie übrigens meistens, obwohl einige meinen, daß es nicht das einzige Mittel ist. Im Grunde geht es ja nur sie etwas an, und vielleicht haben sie an ihren Häusern gehangen, aber sicher nicht in dem Zustand, in dem sie jetzt sind.
Ich mache weiter Patrouille. Ich gehe wieder als letzter, das ist klüger, und der erste ist gerade in einen Bombentrichter voll Wasser gefallen. Er kommt mit lauter Blutegeln auf dem Helm heraus. Er hat auch einen großen völlig verdutzten Fisch mitgebracht. Auf dem Rückweg hat Mac ihm beigebracht, Männchen zu machen, Kaugummi mag er nicht.

13 Ich habe gerade einen Brief von Jacqueline bekommen, sie muß einen anderen gebeten haben, ihn auf die Post zu bringen, denn er war in einem von unsern Kuverts. Bestimmt, das ist ein komisches Mädchen, aber wahrscheinlich haben alle Mädchen keine gewöhnlichen Gedanken. Seit gestern haben wir wieder ein bißchen zurückgehen müssen, aber morgen rücken wir wieder vor. Immer die gleichen, völlig zerstörten Dörfer, das macht einen ganz trübselig. Wir haben ein fabrikneues Radio gefunden. Sie probieren es gerade aus, aber ich bin nicht so sicher, ob man wirklich eine Röhre durch ein Stück Kerze ersetzen kann. Doch: ich höre, wie sie »Chattanooga« spielen, kurz vor der Abreise von da habe ich das mit Jacqueline getanzt. Wenn noch Zeit ist, werde ich ihr doch antworten. Jetzt ist es Spike Jones; diese Musik mag ich auch, und ich wünschte, es wäre alles vorbei, um endlich eine Zivilkrawatte mit blauen und gelben Streifen zu kaufen.

14 Gleich geht's los. Wir sind wieder ganz dicht an der Front, und es kommen schon Granaten. Es regnet, ist nicht sehr kalt, der Jeep fährt gut. Wir werden aussteigen und zu Fuß weiterlaufen. Es scheint aufs Ende zuzugehen. Ich weiß nicht, woran man das sieht, aber ich möchte jedenfalls so heil wie möglich herauskommen. Es gibt noch Stellen, wo übel gekämpft wird. Nicht abzusehen, wie das ausgeht.
In vierzehn Tagen habe ich wieder Urlaub, und ich habe Jacqueline geschrieben, daß sie auf mich warten soll. Das war wahrscheinlich verkehrt, man soll sich nicht fangen lassen.

15 Ich stehe immer noch auf der Mine. Heute morgen sind wir auf Patrouille gegangen, und wie immer ging ich als letzter, sie sind alle daran vorbeigelaufen, aber ich habe das Klicken unter meinem Fuß gehört und bin sofort stehengeblieben. Die Dinger gehen erst los, wenn man seinen Fuß wegnimmt. Ich habe den anderen zugeworfen, was ich einstecken hatte und habe ihnen gesagt, sie sollen weggehen. Ich bin ganz allein. Ich soll warten, bis sie wiederkommen, aber ich habe ihnen gesagt, sie sollen nicht wiederkommen, und ich könnte versuchen, mich flach auf den Bauch zu werfen, aber ich habe Angst, dann vielleicht ohne Beine leben zu müssen. Ich habe nur mein Notizbuch und den Bleistift behalten. Ich werde sie wegwerfen, bevor ich mich auf das andere Bein stelle, und das muß ich, weil ich den Krieg satt habe und weil mir die Ameisen kommen.

Zeichnung von Boris Vian

Die guten Schüler

1 Mond und Knoppel liefen die Treppe der Polypenschule hinunter. Sie kamen aus der Vorlesung über Steuerzahleranatomie und wollten Mittag essen, ehe sie wieder ihren Posten vor dem Gebäude der Konformistischen Partei bezogen, deren Schaukästen kürzlich von radikalen Elementen mit Knotenstökken eingeschlagen worden waren. Sie schwenkten fröhlich ihre blauen Pelerinen und pfiffen den Polypenmarsch, der bei jedem dritten Takt von einem kräftigen Schlag mit dem weißen Knüppel auf den Schenkel des Nebenmanns begleitet wird und deshalb vorzugsweise von einer geraden Anzahl Polypen auszuführen ist. Unten machten sie kehrt und bogen in den gewölbten Gang zur Kantine ein. In dem alten Gemäuer hallte der Marsch komisch wider, denn die Luft wurde durch das As, das nicht weniger als dreihundertsechsunddreißigmal im gesamten Thema vorkam, in Schwingungen versetzt. Links, im langgestreckten und mit gekalkten Bäumen bestandenen Hof machten andere Polypenanwärter Lockerungsübungen, spielten Bullensackhüpfen und probten bei Geigenspiel den Einsatzwalzer, dabei droschen sie mit ihren grünen Übungsknüppeln auf Kürbisse, die mit einem einzigen Hieb zu spalten waren. Mond und Knoppel gönnten diesem Schauspiel, an dem sie jeden Tag, ausgenommen Donnerstag, dem Polypenruhetag, aktiv teilnahmen, nicht die geringste Aufmerksamkeit.
Mond stieß die große Kantinentür auf und trat zuerst ein. Knoppel wartete eine Minute, um den Polypenmarsch zu Ende zu bringen, denn er pfiff langsamer als Mond. Durch andere Türen kamen Schüler in Gruppen zu zweit oder zu dritt, sehr angeregt, denn am Tag zuvor und am Morgen waren Prüfungen gewesen.
Mond und Knoppel setzten sich an Tisch Nr. 7 zu Arrelent und Poland, zwei der einfältigsten Polypen der Schule, was sie durch ungewöhnlichen Mumm wettmachten. Sie setzten sich auf ächzende kaputte Stühle.
»Hat's geklappt?« fragte Mond Arrelent.
»Verfluchte Hurenscheiße!« antwortete Arrelent. »Mir haben sie

eine Versuchsoma verpaßt, die gut ihre siebzig Jahre auf dem Kasten hatte, aber zäh wie ein Roß, die alte Schlampe!«
»Meiner habe ich ihre neuen Zähne auf einmal herausgehauen«, sagte Poland. »Der Prüfer hat mir direkt gratuliert.« »Ich habe Pech gehabt«, fuhr Arrelent fort, »es hat mich ziemlich gefuchst, daß ich zu spät zur Bleipelerine übergegangen bin.«
»Ich weiß warum«, sagte Knoppel, »Sie finden jetzt nicht mehr genug in den Armenvierteln, deshalb geben sie uns welche aus besser ernährten Stadtteilen. Die halten vielleicht was aus. Bei den Frauen geht's noch, aber heute morgen konnte ich doch meinem Kerl kaum den Knüppel ins Auge stoßen...«
»Ja«, sagte Arrelent, »das habe ich kommen sehen. Ich habe meinen Knüppel schon präpariert.«
Er zeigte ihn. Mit Geschick hatte er das Ende angespitzt.
»Wie in Butter«, sagte er. »Ich habe mich furchtbar angestrengt und mir die zwei Punkte wiedergeholt. Das hat mich von gestern rausgerissen...«
»Die Kinder sind dies Jahr aber auch zäh«, sagte Mond. »Dem von gestern früh mußte ich die Hände einzeln knacken. Die Knöchel schaffte ich nur mit Fußtritten. Zum Kotzen.«
»Immer dasselbe«, sagte Arrelent. »Die von der Fürsorge kriegen wir nicht mehr. Das jetzt sind Kinder aus der Pfandleihe, bei denen weiß man nicht. Es kann einem ein gutes oder ein schlechtes unter die Finger kommen. Glückssache. Die Gutgenährten kriegt man kaum kaputt. Sowas hat ein dickes Fell.«
»Bei mir«, sagte Poland, »waren die Bleikugeln von der Pelerine abgesprungen, von sechzehn hatte ich nur noch sieben, da mußte ich doppelt so schnell zuhauen, ich war geschafft, Ehrenwort! ... Aber der Sergeant hat ein Auge zugedrückt, wie er das sah. Er hat bloß gesagt, ich soll sie das nächste Mal fester annähen. Es hat keinen Strafpunkt gegeben.«
Sie hörten auf zu reden, denn die Suppe kam. Mond tauchte die Kelle in die Terrine. Es gab Achselklappensuppe mit Fettaugen. Sie nahmen sich jeder reichlich.

2 Mond stand Wache vor dem Gebäude der Konformistischen Partei. Er besah sich die Bücher, aber die Titel machten ihm Kopfschmerzen. Er las nichts außer seinem Polypenbrevier mit den viertausend Delikten, die er auswendig wissen mußte, von PipiaufderStraße bis EinenPolypenzunahanreden. Die Lektüre des Breviers brachte ihn regelmäßig in Wut, wenn er auf Seite 50 an die Abbildung des Mannes kam, der beim Überqueren einer breiten Straße nicht den Fußgängerstreifen benutzte. Jedesmal spuckte er angeekelt aus und blätterte voller Zorn weiter, um sich durch die darauffolgende Abbildung des »Guten Polypen« mit blinkenden Knöpfen beschwichtigen zu lassen. Merkwürdiger Zufall, der »Gute Polyp« ähnelte seinem Kameraden Knoppel, der an der Rückseite des Gebäudes auf Kundschaft lauerte.

Von weitem kam ein großes Auto die Straße herunter, beladen mit Ennuyal-Eisenträgern. Auf dem Ende des längsten, der freitragend hin- und herpendelte, hockte ein kleiner Lehrling. Er schwenkte ein rotes Tuch, um den Leuten Angst zu machen, lockte aber nur die Frösche an, die von allen Seiten auf ihn hüpften, so daß der unglückliche Junge sich ihres nassen Ansturms kaum erwehren konnte. Der Lastwagen hopste auf seinen vier harten, schwarzen Reifen, und der Junge tanzte wie auf einem Tennisschläger. Als der Lastwagen an dem Gebäude vorbeifuhr, machte er einen heftigeren Satz, und im gleichen Moment rutschte dem Jungen ein dicker spinatgrüner Laubfrosch durch den Hemdkragen bis unter die Achselhöhle. Aufheulend ließ er los, beschrieb einen exakten Looping und setzte durchs Glas zu einer sauberen Landung im Bücherfenster an. Mond gab sich besonders mutig, pfiff mit aller Kraft und stürzte sich auf den Jungen. Er zog ihn an den Füßen aus dem Loch und beeilte sich, ihm an der nächsten Laterne ein bißchen den Kopf einzuklopfen. Ein großer Glassplitter im Rücken des Kindes reflektierte das Sonnenlicht, und der Lichtfleck tanzte auf dem verdorrten Trottoir.

»Noch ein Faschist«, sagte Knoppel, der dazu kam.

Ein Angestellter der Buchhandlung mischte sich ein.

»Vielleicht war es ein Unfall«, sagte er. »Für einen Faschisten sieht er etwas jung aus.«

»Denken Sie«, sagte Mond. »Ich hab's gesehen! ... Er hat es absichtlich gemacht! ...«

»Hm«, sagte der Angestellte.

Wütend ließ Mond das Kind los.

»Wollen Sie mir mein Handwerk beibringen? ... Wenn Sie so weitermachen, geb ich Ihnen eine Einführung!«

»Bitte«, sagte der Angestellte.
Er las den Jungen auf und ging in die Buchhandlung.
»So eine Sau!« sagte Knoppel. »Das kommt ihn teuer.«
»Und ob! …«, sagte Mond mit Befriedigung. »Gibt Aussicht auf Beförderung … Und vielleicht können wir uns den Faschisten für die Schule besorgen! …«

3 »Stinklangweilig heute«, sagte Knoppel.
»Ja«, sagte Mond. »Weißt du noch, vorige Woche?«
»Man müßte etwas machen«, sagte Mond. »Wenigstens einmal in der Woche müßte was los sein, das wäre Klasse!«
»Ja«, sagte Knoppel. »Ah! … Sieh mal! …«
Zwei sehr hübsche Mädchen saßen in der Kneipe nebenan.
»Wie spät?« sagte Mond.
»Noch zehn Minuten, dann ist Feierabend«, sagte Knoppel.
»Prima! …«, sagte Mond. Er betrachtete die Mädchen.
»Trinken wir einen?«
»Ja«, sagte Knoppel.

4 »Siehst du sie heute wieder?« fragte Knoppel.
»Nein«, sagte Mond. »Sie konnte nicht. Beschissen heute! …«
Sie standen Wache vor dem Eingang des Ministeriums für Profite und Pleiten.
»Hier kommt niemand vorbei«, sagte Mond. »Es ist …«
Er unterbrach sich, weil ihn eine alte Dame ansprach.
»Verzeihen Sie, Monsieur, zur rue Dézécole?«
»Los«, sagte Mond.
Und Knoppel schlug der Dame einmal kräftig mit dem Knüppel über den Kopf. Sie legten sie an die Mauer.
»Alte Schlampe!« sagte Mond. »Kann sie mich nicht von links ansprechen, wie alle? Immerhin … mal 'ne Abwechslung«, schloß er.
Knoppel rieb seinen Knüppel mit einem karierten Taschentuch trocken.
»Was macht dein Mädchen?« sagte Knoppel.

»Weiß nicht«, sagte Mond. »Aber sie ist nett, weißt du...«
»Fickt sie gut?« fragte Knoppel.
Mond wurde rot.
»Du bist widerlich. Du hast keine Ahnung von Gefühlen.«
»Heute abend siehst du sie also nicht?« sagte Knoppel.
»Nein«, sagte Mond. »Womit soll ich den Abend rumkriegen?«
»Wir können zum Kaufhof gehen«, sagte Knoppel. »Es gibt immer Leute, die was zum Essen klauen.«
»Wir sind nicht im Dienst«, sagte Mond.
»Geh'n wir trotzdem«, sagte Knoppel. »Is' doch ganz lustig, vielleicht finden wir jemand zum Festnehmen. Aber wenn es dir lieber ist, gehen wir eben in den Puff.«
»Knoppel«, sagte Mond, »ich wußte ja, daß du ein Schwein bist, aber du hast wirklich keine Ahnung. Ich könnte das jetzt nicht machen.«
»Du bist bescheuert«, sagte Knoppel. »Los jetzt, ich hör ja schon auf. Gehen wir meinetwegen zum Kaufhof. Nimm aber deinen Gleichmacher mit, vielleicht können wir doch einen Volltreffer landen.«
»Und ob«, sagte Mond ganz erregt. »Wir legen mindestens zwei Dutzend um...«
»Du scheinst diesmal richtig verliebt zu sein«, sagte Knoppel.

5 Knoppel ging als erster. Mond hielt sich dicht hinter ihm. Sie liefen an der Ziegelmauer entlang und erreichten die Lücke, die ein Wächter extra offenhielt, um zu verhindern, daß die Mauer von Dieben beim Überklettern beschädigt würde. Sie traten ein. Von der Lücke führte ein enger Pfad weiter, auf beiden Seiten mit Stacheldraht eingefaßt, damit die Diebe ihn auch benutzten. Hier und da hatte man Erdlöcher für die Polypen ausgehoben, damit sie sich verbergen und in Ruhe zielen konnten. Mond und Knoppel wählten ein Zweierloch. Sie machten es sich bequem, und kaum zwei Minuten später hörten sie schon den Motor des Omnibusses, der die DiebezuFuß heranschaffte. Sie hörten das Warnsignal, und die ersten Diebe erschienen in der Lücke. Um sie nicht zu sehen, hielten sich Mond und Knoppel die Augen zu. Es war lustiger, sie auf dem Rückweg umzulegen. Sie

gingen vorbei. Sie liefen alle barfuß, wegen des Geräuschs und weil Schuhe teuer sind. Weg waren sie.
»Gib zu, daß du lieber bei ihr wärst«, sagte Knoppel.
»Ja«, antwortete Mond. »Ich weiß nicht, was mit mir ist. Ich muß verliebt sein.«
»Ich habs dir ja gesagt«, antwortete Knoppel. »Du machst ihr schon Geschenke.«
»Ja«, sagte Mond. »Ich habe ihr ein Armband aus Blauharz geschenkt. Sie hat sich sehr gefreut.«
»Die ist aber mit wenig zufrieden. Sowas trägt doch kein Mensch mehr.«
»Wer hat dir das erzählt?«, fragte Mond.
»Geht dich nichts an«, sagte Knoppel. »Läßt sie sich knutschen, wenn ihr zusammen seid?«
»Sei still«, sagte Mond. »Man soll über sowas keine Witze machen.«
»Du hast schon immer eine Schwäche für Blondinen gehabt«, sagte Knoppel. »Aber das geht vorbei, wie bei den anderen. Sie ist mager.«
»Sprich von was anderem«, sagte Mond. »Es paßt mir nicht, wenn du so redest.«
»Du kannst mich«, sagte Knoppel. »Wenn du immer nur an sowas denkst, fliegst du noch von der Schule.«
»Nein«, sagte Mond. »Paß auf! Sie kommen zurück!...«
Sie ließen den ersten vorbei, einen Kahlkopf mit einem Sack kandierter Mäuse. Und dann schoß Knoppel. Ein großer Magerer machte im Fallen »Kwik«, und seine Pakete flogen zu Boden. Knoppel hatte gezeigt, was er konnte, und jetzt war Mond dran. Er legte zwei um, aber sie standen wieder auf und schafften es bis zur Lücke. Mond war fuchsteufelswild, und Knoppels Pistole hatte eine Ladehemmung. Drei andere gingen ihnen vor der Nase durch. Zuletzt kam eine Frau. Mond leerte wütend sein Magazin auf sie, während Knoppel aus dem Loch kroch, um letzte Hand anzulegen; aber sie war mausetot. Eine hübsche Blondine. Blut von den nackten Füßen lackierte ihre Nägel rot, und am linken Handgelenk trug sie ein neues Armband aus Blauharz. Sie war mager. Sie hatte nüchtern sterben müssen, das ist gesünder.

Die Reise nach Khonostrov

1 Die Lokomotive stieß einen schrillen Pfiff aus. Der Mechaniker begriff, daß ihr die Bremse zu stark zusetzte und drehte die Kurbel in die richtige Richtung. Ein Mann mit weißer Mütze pfiff seinerseits, weil er das letzte Wort haben wollte. Der Zug setzte sich langsam in Bewegung. Der Bahnhof war feucht und finster, und es gefiel ihm da nicht.

Sechs Personen saßen im Abteil, vier Männer und zwei Frauen. Fünf von ihnen wechselten Worte, und der sechste nicht. Demzufolge saßen auf der Bank in Fahrtrichtung, vom Fenster von links nach rechts, Jacques, Raymond, Brice und eine junge blonde, sehr hübsche Frau, Corinne. Ihr gegenüber saß ein Mann, dessen Namen man nicht kannte. Saturne Lamiel, und gegenüber von Raymond eine andere dunkelhaarige Frau, nicht sehr hübsch, aber sie zeigte ihre Beine. Sie hieß Garamuche.

»Der Zug fährt ab«, sagte Jacques.

»Es ist kalt«, sagte Garamuche.

»Spielen wir Karten?« sagte Raymond.

»Verflucht, nein!« sagte Brice.

»Sie sind nicht gerade liebenswürdig«, sagte Corinne.

»Möchten Sie sich zwischen Raymond und mich setzen?« sagte Jacques.

»Ja, gern«, sagte Raymond.

»Guter Vorschlag«, sagte Brice, der nicht liebenswürdig war.

»Dann sitzt sie mir gegenüber«, sagte Garamuche.

»Ich werde mich neben Sie setzen«, sagte Brice.

»Bleiben Sie sitzen«, sagte Raymond.

»Kommen Sie endlich«, sagte Jacques.

»Ich komme«, sagte Corinne.

Alle standen gleichzeitig auf und mischten sich, und es muß wieder von vorn angefangen werden. Nur Saturne Lamiel war sitzen geblieben und schwieg weiter. Jetzt saßen auf der anderen Bank, vom Fenster von links nach rechts, Brice und Garamuche, daneben ein freier Platz, und Saturne Lamiel. Gegenüber von Saturne Lamiel ein freier Platz. Und dann Jacques, Corinne und Raymond.

»So sitzen wir besser«, sagte Raymond.
Er warf Saturne Lamiel einen Blick zu, der ihm voll ins Auge ging; der blinzelte, sagte aber nichts.
»Jedenfalls sitzen wir nicht schlechter«, sagte Brice.
Garamuche brachte ihren Rock in Ordnung. Man konnte die Nikkelhalter sehen, mit denen sie ihre Strümpfe festmachte... Sie richtete es so ein, daß sie von beiden Seiten gleich gut sichtbar waren.
»Mögen Sie meine Beine nicht?« sagte sie zu Brice.
»Hören Sie«, sagte Corinne, »Sie benehmen sich unmöglich. So etwas fragt man nicht.«
»Sie sind gut«, sagte Jacques zu Corinne, »wenn Sie deren Visage hätten, würden Sie auch die Beine zeigen.«
Er sah Saturne Lamiel an, der wandte den Kopf nicht ab, fixierte aber etwas ziemlich Entferntes.
»Spielen wir doch Karten?« sagte Raymond.
»Blödsinn!« sagte Corinne. »Macht mir keinen Spaß. Ich würde mich lieber unterhalten.«
Peinliches Schweigen, jeder wußte warum. Brice wurde deutlich.
»Gäbe es in Ihrem Abteil nicht Leute, die keine Antwort geben wollen, wenn sie angesprochen werden, wäre das kein schlechter Vorschlag.«
»Unverschämtheit!« sagte Garamuche. »Weshalb haben Sie mich angesehen, bevor Sie das gesagt haben? Antworte ich Ihnen vielleicht nicht?«
»Von Ihnen ist doch nicht die Rede«, sagte Jacques.
Er hatte dunkle Haare und blaue Augen und eine schöne Baßstimme. Er war glatt rasiert, aber seine Wangenhaut war blau wie der Rücken einer ungekochten Makrele.
»Sollte Brice mich meinen«, sagte Raymond, »kann er sich vielleicht klarer ausdrücken.«
Er blickte Saturne Lamiel zum zweiten Mal an. Saturne Lamiel schien in Gedanken versunken.
»Früher«, sagte Corinne, »kannte man Mittel, um Leute zum Sprechen zu bringen. Zu Zeiten der Inquisition. Ich habe was darüber gelesen.«
Der Zug fuhr jetzt schnell, aber das hinderte ihn nicht, mit seinen Rädern pro halbe Sekunde die gleiche Überlegung zu machen. Die Nacht draußen war dreckig, der Steppensand spiegelte ein paar Sterne. Von Zeit zu Zeit ohrfeigte ein Baum mit seinen Blattspitzen den großen, kalten Spiegel.

»Wann kommen wir an?« sagte Garamuche.
»Nicht vor morgen früh«, sagte Raymond.
»Zeit genug, sich auf die Nerven zu fallen«, sagte Brice.
»Wenn die Leute wenigstens antworten würden«, sagte Jacques.
»Gilt das mir?« sagte Corinne.
»Aber nein!« sagte Raymond. »Er ist gemeint!«
Sie schwiegen plötzlich. Raymonds ausgestreckter Finger wies auf Saturne Lamiel. Der rührte sich nicht, aber die vier anderen sprangen auf.
»Er hat recht«, sagte Brice. »Keine Ausflüchte. Er muß sprechen.«
»Fahren Sie auch nach Khonostrov?« sagte Jacques.
»Fahren Sie diese Strecke gern?« sagte Garamuche.
Sie setzte sich auf den freien Platz neben Saturne Lamiel und ließ Brice allein am Fenster. Ihre Bewegung enthüllte den oberen Teil ihrer Strümpfe und die rosafarbenen Bänder ihrer Nickelhalter. Auch ein Stück ihrer Schenkel, gebräunt und weich, wie nach Wunsch.
»Spielen Sie Karten?« sagte Raymond.
»Haben Sie von der Inquisition gehört?« sagte Corinne.
Saturne Lamiel rührte sich nicht und wickelte seine Füße in die blaugrün karierte Schottendecke, die über seinen Knien lag. Sein Gesicht war sehr jung, und seine akkurat durch einen Mittelscheitel geteilten Haare fielen gleichmäßig über die Schläfen.
»Unverschämtheit!« sagte Brice. »Er provoziert.«
Diese Worte fanden kein Echo, was ganz natürlich war, wenn man bedenkt, daß die Wände eines Eisenbahnabteils, so wie sie beschaffen sind, als schalldämpfendes Material reagieren; und im übrigen muß man sich vor Augen halten, daß eine gewisse Länge von siebzehn Metern eine Rolle spielt.
Peinliches Schweigen.
»Spielen wir doch Karten!« sagte darauf Raymond.
»Ach, Sie mit Ihren Karten!« sagte Garamuche.
Sie war offensichtlich darauf aus, daß man sich mit ihr beschäftigte.
»Lassen Sie uns in Ruhe!« sagte Jacques.
»Unter der Inquisition«, sagte Corinne, »hat man den Leuten die Füße angesengt, um sie zum Sprechen zu bringen. Mit Brenneisen oder sonstwas. Man hat ihnen auch die Fingernägel ausgerissen oder die Augen ausgestochen. Man...«

»Das genügt«, sagte Brice. »Damit können wir uns schon die Zeit vertreiben!«
Sie standen alle gleichzeitig auf, bis auf Saturne Lamiel. Der Zug fuhr mit schroffem Heulen und dem Geräusch aneinandergeriebener Steine in einen Tunnel.
Als er aus dem Tunnel kam, saßen sich Corinne und Garamuche am Fenster gegenüber. Neben Saturne Lamiel saß Raymond. Zwischen ihm und Corinne war ein freier Platz. Gegenüber von Saturne saßen Jacques, Brice, daneben ein freier Platz, dann Garamuche.
Brice hatte auf den Knien einen kleinen Koffer aus ganz neuem gelbem Leder, mit vernickelten Ringen für den Griff und den Initialen von jemand anders, der auch Brice hieß, aber dessen Name mit zwei P geschrieben wurde.
»Fahren Sie nach Khonostrov?« sagte Jacques.
Er wandte sich direkt an Saturne Lamiel. Der hatte die Augen zu und atmete leise, um nicht wach zu werden.
Raymond rückte seine Brille zurecht. Er war ein großer kräftiger Mann, mit starken Brillengläsern, einem Seitenscheitel und etwas unordentlichen Haaren.
»Was machen wir?« sagte er.
»Die Zehen«, sagte Brice.
Er öffnete seinen kleinen gelben Lederkoffer.
»Ziehen wir ihm die Schuhe aus«, schlug Corinne vor.
»Bei ihm würde ich lieber die chinesische Methode anwenden«, sagte Garamuche.
Sie verstummte und wurde rot, denn alle sahen sie wütend an.
»Lassen Sie das!« sagte Jacques.
»Heiliger Bimbam, die Sau!« sagte Brice.
»Sie übertreiben«, sagte Corinne.
»Chinesische Methode, was ist das?« fragte Raymond.
Diesmal entstand wahre Totenstille, vor allem weil der Zug jetzt über den gerade fertiggestellten Streckenabschnitt aus Gummi zwischen Considermetrov und Smogogolets fuhr.
Das weckte Saturne Lamiel. Mit einem Mal öffneten sich seine hübschen Haselnußaugen, und er zog die Schottendecke, die von seinen Knien rutschte, wieder herauf. Und dann machte er die Augen wieder zu und schien von neuem einzuschlafen.
Raymond wurde puterrot, mitten im Bremsenkreischen, und gab nach. Garamuche murrte in ihrer Ecke und suchte ihren Lippen-

stift und zog ihn schnell zwei- oder dreimal heimlich heraus und wieder hinein, um sich Raymond verständlich zu machen. Er wurde noch röter.
Brice und Jacques hatten sich über das Köfferchen gebeugt, und Corinne betrachtete angeekelt Garamuche.
»Die Füße«, sagte Jacques. »Ziehen Sie ihm die Schuhe aus«, schlug er Raymond vor.
Glücklich, daß er sich nützlich machen konnte, kniete er neben Saturne Lamiel und versuchte, ihm die Schnürsenkel zu lösen, die beim Näherkommen zischten und sich in alle Richtungen wanden. Als er nicht zu Rande kam, fauchte er sie an wie eine wütende Katze.
»Los«, sagte Brice. »Sie halten uns auf.«
»Ich tue mein Bestes«, sagte Raymond. »Aber sie gehen nicht auf.«
»Hier«, sagte Brice. Er reichte Raymond eine kleine glänzende Kneifzange. Raymond schnitt in das Schuhleder rund um die Schnürsenkel, um sie nicht zu beschädigen, und wickelte sie nach gelungener Operation um seine Finger.
»Das genügt«, sagte Brice. »Jetzt brauchen wir ihm nur noch die Schuhe auszuziehen.«
Das übernahm Jacques. Saturne Lamiel schlief immer noch. Jacques legte sie ins Gepäcknetz.
»Ihr laßt ihm doch die Socken an?« schlug Corinne vor. »Das hält die Hitze und verschmutzt die Wunde. Fördert die Infektion.«
»Guter Vorschlag«, sagte Jacques.
»Prima!« sagte Brice.
Raymond hatte sich wieder neben Saturne gesetzt und spielte mit den Schnürsenkeln.
Brice nahm aus dem gelben Koffer eine hübsche Miniaturlötlampe und eine kleine Flasche und goß Benzin in die Öffnung. Jacques zündete ein Streichholz an und brachte das Benzin zum Brennen. Die schöne gelbe Flamme, blau und rauchig, wurde größer und versengte die Augenbrauen von Brice, der zu fluchen begann.
In diesem Augenblick öffnete Saturne Lamiel die Augen, machte sie aber sofort wieder zu. Seine schönen langen und gepflegten Hände ruhten auf der Schottendecke, so umständlich ineinander verschränkt, daß Raymond seit fünf Minuten vom Begreifenwollen Kopfschmerzen hatte.

Corinne öffnete ihre Handtasche und nahm ihren Kamm. Sie frisierte sich vor dem Fenster, denn der schwarze Nachthintergrund erlaubte ihr, sich darin zu sehen. Draußen pfiff der Wind sehr stark, und die Wölfe rannten, um warm zu werden. Der Zug überholte einen Reisenden, der mit letzter Kraft über den Sand radelte. Briskipotolsk war nicht weit. So zog sich die Steppe bis Cornopoutchik, zweieinhalb Werst von Brantchotcharnovnia. Im allgemeinen konnte niemand die Namen dieser Städte aussprechen, und man hatte sich angewöhnt, sie durch Urville, Mâcon, Le Puy und Sankt Dingsbums zu ersetzen.
Die Lötlampe begann mit brutalem Spucken zu funktionieren, und Brice drehte so lange am Regler, bis die Flamme kurz und blau wurde. Er gab sie Raymond und stellte seinen gelben Koffer auf den Boden.
»Versuchen wir es zum letzten Mal?« schlug Raymond vor.
»Ja«, sagte Jacques.
Er beugte sich über Saturne.
»Fahren Sie bis Khonostrov?«
Saturne öffnete ein Auge und machte es wieder zu.
»Blöde Sau«, sagte Brice wütend.
Er kniete sich vor Saturne und hob einen seiner Füße hoch, welchen ist gleichgültig.
»Wenn Sie ihm zuerst die Nägel anbrennen«, erklärte Corinne, »ist es schmerzhafter, und die Heilung dauert länger.«
»Her mit der Lampe«, sagte Brice zu Raymond.
Raymond reichte ihm die Lampe, und Brice richtete die Flamme auf die Abteiltür, um zu sehen, ob sie heiß genug sei. Der Lack begann zu schmelzen, und das stank ziemlich.
Die Socken von Saturne stanken noch mehr, als sie brannten, woran Garamuche erkannte, daß es reine Wolle war. Corinne sah nicht hin, sie las in einem Buch. Raymond und Jacques warteten. Saturnes Fuß qualmte, starkes Knistern und Geruch von verbrannter Hornhaut, und schwarze Tropfen auf dem Boden. Saturnes Fuß schrumpfte in der feuchten Hand von Brice, der Mühe hatte, ihn festzuhalten. Corinne legte das Buch weg und kurbelte das Fenster etwas herunter, um den Geruch herauszulassen.
»Hören Sie auf«, sagte Jacques, »wir versuchen es noch einmal.«
»Spielen Sie Karten?« schlug Raymond freundlich vor, indem er sich Saturne zuwandte.
Saturne drückte sich in die Ecke des Abteils. Sein Mund war

leicht verkrampft, und seine Stirn kräuselte sich. Es gelang ihm zu lächeln, und er schloß die Augen noch fester.
»Es nutzt nichts«, sagte Jacques, »er will nicht reden.«
»Was für eine blöde Sau!« sagte Brice.
»Einfach schlecht erzogen«, sagte Raymond. »Wenn man zu sechst in einem Eisenbahnabteil ist, unterhält man sich.«
»Oder man amüsiert sich«, sagte Garamuche.
»Halten Sie Ihr Maul!« sagte Brice. »Wir wissen, was Sie wollen.«
»Sie könnten es mit Ihren Zangen versuchen«, warf Corinne in diesem Augenblick ein.
Sie hob ihr hübsches Gesicht, und ihre Lider schlugen wie Schmetterlingsflügel.
»In den Handflächen werden Sie die betreffenden empfindlichen Ansatzpunkte finden.«
»Hören wir mit der Lötlampe auf?« sagte Brice.
»Warum denn, machen Sie mit beidem weiter«, sagte Corinne.
»Wer hetzt Sie? Khonostrov ist weit.«
»Irgendwann muß er doch reden«, sagte Jacques.
»Unverschämtheit!« sagte Garamuche. »Ein Muffel ist er in jedem Fall.«
Über das ovale Gesicht von Saturne Lamiel ging ein flüchtiges Lächeln. Brice nahm wieder die Lötlampe und hielt sie an den anderen Fuß, genau in die Mitte der Fußsohle, während Raymond im Koffer wühlte.
Die blaue Flamme der Lampe durchdrang schließlich Saturnes Fuß, genau in dem Moment, in dem Raymond den Nerv traf. Jacques ermunterte ihn.
»Versuchen Sie es danach unter dem Knie«, schlug Corinne vor.
Um bequemer arbeiten zu können, streckten sie Saturnes Körper auf einer der beiden Bänke aus.
Saturnes Gesicht war ganz weiß, und seine Augen bewegten sich nicht mehr unter den Lidern. Heftige Zugluft wehte jetzt durchs Abteil, denn der Geruch von verbranntem Fleisch war unerträglich geworden, und Corinne fand das nicht angenehm.
Brice löschte die Lötlampe. Von Saturnes Füßen floß schwarzer Saft auf die beschmutzte Bank.
»Hören wir eine Minute auf?« sagte Jacques.
Er fuhr sich mit dem Handrücken übers Gesicht. Raymond führte eine Hand zum Mund. Er hatte Lust zu singen. Saturnes

rechte Hand ähnelte einer geplatzten Feige. Fleischstücke und Sehnen hingen heraus.
»Er ist zäh«, sagte Raymond.
Und sprang auf, als er Saturnes Hand von selbst auf die Bank zurückfallen sah.
Sie konnten nicht alle fünf auf der anderen Bank sitzen, aber Raymond begab sich auf den Gang, nachdem er ein Blatt Sandpapier und eine Feile aus dem gelben Koffer genommen hatte, um sich damit die Beine wieder gelenkig zu machen. Vom Fenster zur Tür sah man jetzt Corinne, Garamuche, Jacques und Brice.
»Was für ein Muffel!« sagte Jacques.
»Will nicht reden«, sagte Garamuche.
»Das werden wir ja sehen!« sagte Brice.
»Ich weiß noch etwas anderes«, sagte Corinne.

2 Der Zug rollte weiter über die kahle Steppe und begegnete Scharen von Bettlern, die vom unterirdischen Markt in Goldzine zurückkamen.
Es war jetzt heller Tag, und Corinne betrachtete die Landschaft, die es merkte und sich bescheiden in einem Hasenbau versteckte. Saturne Lamiel blieben nur ein Fuß und anderthalb Arme, aber da er wieder eingeschlafen war, konnte man vernünftigerweise nicht erwarten, daß er sprechen würde. Goldzine war vorbei. Noch sechs Werst bis Khonostrov.
Brice, Jacques und Raymond waren erschöpft, aber ihr Selbstbewußtsein hing noch an den drei christlichen Fäden, einer für jeden.
Vom Gang her schepperte der Theologalgong, und Saturne fuhr hoch. Brice ließ seine Nadel los, und Jacques hätte sich beinahe am Bügeleisen, das er in der Hand hielt, verbrannt. Raymond bemühte sich noch eifrig weiter, den genauen Sitz der Leber festzustellen, aber der Steinschleuder von Brice fehlte es an Präzision.
Saturne hob die Lider. Er setzte sich mit großer Mühe auf, denn ohne seine linke Hinterbacke schien er nur schwer das Gleichgewicht halten zu können, und zog die Schottendecke über sein zerfetztes Bein. Die andern trommelten mit den Schuhen auf den Boden, und in allen Ecken war Blut.

Da schüttelte Saturne seine blonden Haare und schenkte ihnen ein breites Lächeln.
»Nicht gerade geschwätzig, wie?« sagte er.
In diesem Augenblick fuhr der Zug in den Bahnhof von Khonostrov ein. Dort stiegen alle aus.

Zeichnung von Siné

Der Krebs

1 Jacques Théjardin lag krank im Bett. Beim Trübsalblasen hatte er in tückischem Gegenzug gestanden und sich die Schneebezeh geholt. Das Kammermusikorchester, dem er angehörte, hatte sich nämlich bereit gefunden – die Zeiten waren schwer –, in einem einfachen Korridor aufzutreten; wollte es den Musikern derart auch gelingen, den unfreundlichen Zeiten zum Trotz zu überleben, so war doch ihre Gesundheit häufig gefährdet. Jacques Théjardin fühlte sich nicht wohl. Sein Kopf hatte sich einseitig verformt, und sein Gehirn machte die Bewegung nicht mit; so drangen in die entstehende Leere nach und nach Fremdkörper ein, parasitäre Gedanken und, schlimmer, scharfe Schmerzsplitter, die ihn überfluteten wie Flüssiges, etwa angespitzte Borsäure. Manchmal hustete Jacques Théjardin, die Fremdkörper prallten gegen seine Schädeldecke und schlugen plötzlich wie Badewannenwellen an der Wölbung hoch, um mit dem Knirschen zertretener Heuschrecken wieder zurückzufallen. Hier und da platzte eine Blase, und kleine weißliche Emanationen, weich wie das Innere einer Spinne, schmückten das Knochengewölbe mit Sternen, die aber von der Strömung sofort wieder davongetragen wurden. Nach jedem Anfall lauerte Jacques Théjardin ängstlich auf den Moment, wo er von neuem husten müßte, und zu diesem Zweck zählte er die Sekunden nach einer Sanduhr mit Gradmesser auf dem Nachttisch. Der Gedanke, nicht wie sonst Flötse üben zu können, quälte ihn: seine Lippen würden weich werden, die Finger nicht platt bleiben, und er würde von vorn anfangen müssen. Die Trübsalflötse fordert von ihren Adepten fürchterliche Entschlossenheit, denn sie lernt sich äußerst schwer, aber das wenige, was man gelernt hat, vergißt man sehr schnell. In seinem Kopf repetierte er den Rhythmus der 18. sinfonischen Folge in B-Dur, die er gerade einstudierte, und die Triller des 56. und 57. Taktes verstärkten seinen Schmerz. Er fühlte den Hustenanfall kommen und hielt sich die Hand vor den Mund, um einen Teil zurückzuhalten. Der Husten würgte, blähte sich in der Luftröhre und schoß in dickem Strahl heraus. Jacques Théjardins Gesicht wurde puterrot, und seine Augen füllten sich mit Blut. Er wischte sie mit dem Taschentuchzipfel, einem roten, damit es keine Flecken gab.

2 Die Treppe gab Laut. Das Geländer vibrierte als Gong auf seinen metallenen Pfosten: es war sicher die Wirtin, die ihm Lindenblütentee brachte. Auf die Dauer verstopft Lindenblütentee die Prostata, aber Jacques Théjardin trank ihn nicht oft, und er würde wohl um die Operation herumkommen. Noch eine Etage. Eine schöne, dicke Fünfunddreißigerin, deren Mann sich sofort nach der Rückkehr aus mehrmonatiger deutscher Kriegsgefangenschaft als Stacheldrahtsetzer niedergelassen hatte, denn jetzt war doch er an der Reihe, die anderen einzusperren. Er zäunte von morgens bis abends in der Provinz Kühe ein und gab selten ein Lebenszeichen von sich. Ohne Klopfen kam sie herein und lächelte Jacques groß an. Sie hielt einen blauen Keramiktopf und eine Tasse, die sie auf den Nachttisch stellte. Als sie sich bückte, um die Kopfkissen in Ordnung zu bringen, klaffte ihr Morgenrock über dem Moosschatten, und Jacques nahm die heftige Witterung ihres bärtigen Mysteriums auf. Er blinzelte, denn der Geruch schlug ihm ins Gesicht, und deutete mit dem Finger auf die beanstandete Stelle.
»Entschuldigen Sie«, sagte er, »aber...«
Er unterbrach sich, von einem heftigen Hustenanfall geschüttelt. Verständnislos rieb sich die Wirtin den Unterleib.
»Ihr... ihr... Ding«, sagte er schließlich.
Um Jacques zum Lachen zu bringen, faßte sie die heitere Sache mit beiden Händen und imitierte das Geräusch einer Ente im Modder; schloß aber, um Jacques nicht zum Husten zu reizen, schnell wieder den Morgenrock. Ein schwaches Lächeln entspannte das Gesicht des Jungen.
»Normalerweise«, erklärte er zu seiner Entschuldigung, »mag ich das ganz gerne, aber ich habe den Kopf schon voll von Geräuschen, Tönen und Gerüchen...«
»Soll ich Ihnen Tee eingießen?« schlug sie mütterlich vor.
Als sie die Hände vom Morgenrock nahm, um ihm zu trinken zu geben, ging er von neuem auf: Jacques neckte das Tierchen mit dem Löffel, und schwupp war der letztere geschnappt. Er lachte so laut, daß es ihm die Brust zerriß. Zusammengekrümmt, am

Ersticken, spürte er nicht einmal die sanften und schnellen Schläge, die ihm die Wirtin auf den Rücken verabfolgte, damit er zu husten aufhöre.
»Ich bin ein Vieh«, sagte sie und haderte mit sich, weil sie ihn zum Lachen gebracht hatte. »Ich sollte daran denken, daß Ihnen nicht zum Scherzen ist.«
Sie gab ihm den Löffel zurück und hielt ihm die Tasse, während er in kleinen Schlucken den Lindenblütentee mit Wildgeschmack trank und gleichzeitig umrührte, um schneller den Zucker zu lösen. Er nahm zwei Aspirintabletten.
»Danke«, sagte er, »ich werde jetzt versuchen zu schlafen.«
»Ich bringe Ihnen noch mehr Lindenblütentee hoch«, sagte die Wirtin und stülpte Tasse und Keramiktopf ineinander, um sie bequemer forttragen zu können.

3 Er fuhr aus dem Schlaf. Das Aspirin hatte schweißtreibend gewirkt: da er aufgrund des archimedischen Prinzips ein dem Volumen des verdrängten Schweißes entsprechendes Gewicht verloren hatte, schwebte sein Körper samt Decke und Laken über der Matratze, und der so entstandene Luftzug kräuselte die Schweißlache, auf der er schwamm; kleine Wellen schlugen an seine Hüften. Er zog den Stöpsel aus der Matratze, und der Schweiß floß in den Bettkasten. Sein Körper senkte sich langsam und legte sich wieder auf das wie ein Dampfpferd rauchende Laken. Der Schweiß hinterließ einen klebrigen Bodensatz, auf dem er bei seinen Versuchen, sich aufzurichten und aufs Kopfkissen zu stützen, ausrutschte. Sein Kopf fing wieder ganz leise an zu vibrieren, Mühlsteine bildeten sich hinten im Gehirn und begannen die Substanzen zu mahlen, die noch immer im Leeren seines Schädels herumgingen. Er hob sachte die Hände und betastete vorsichtig seinen Kopf. Er fühlte die Verformung. Seine Finger tasteten sich vom Hinterkopf zu den geschwollenen Scheitelbeinen, berührten die Stirn, folgten der scharfen Kante der Augenhöhlen und gelangten an die Schläfen, kehrten am Ende zu den Kieferknochen zurück, die unter dem Druck gleich nachgaben. Jacques Théjardin hätte gerne die genaue Form seines Schädels gekannt. Manche sind im Profil so hübsch, so ausgeglichen, so rund. Während seiner Krankheit im vorigen Jahr hatte er sich röntgen las-

sen, und alle Frauen, denen er die Aufnahme gezeigt hatte, hatte er mühelos zu Geliebten machen können. Diese Dehnung nach hinten und diese Schwellung der Scheitelbeine beunruhigten ihn freilich. Ob vielleicht die Trübsalflötse... Seine Hände kehrten zum Hinterkopf zurück, rasteten ein auf dem Halswirbel, dessen Kugelgelenk geräuschlos, aber nicht ohne Beschwernis funktionierte. Mit einem Seufzer ließ er erschöpft seine Arme zurückfallen und baute sich, indem er den Hintern schnell nach rechts und links schob, eine kleine bequeme Kuhle in der zarten, gerade erstarrenden Kruste. Er wagte kaum, sich zu rühren, denn wenn er sich auf seinen rechten Arm stützte, schwappte der Schweiß im Bettkasten sofort von links nach rechts, brachte das Bett aus dem Gleichgewicht und zwang ihn, den breiten, ungebleichten Leinengurt, der seiner Aufgabe kaum gerecht werden konnte, um die Lenden zu schnallen. Stützte er sich auf den anderen Arm, kippte das Bett ganz um, und der Mieter unter ihm klopfte an die Decke, mit dem Stiel einer Hammelkeule, deren Geruch dann durch die Fußbodenritzen drang und Théjardins Kopf in Wallung brachte. Er wollte den Bettkasten nicht auf den Fußboden auslaufen lassen. Der Bäcker an der Ecke zahlte ihm einen anständigen Preis für seinen Schweiß: er würde ihn in Flaschen abfüllen, ein Etikett mit »Schweiß deines Angesichts« draufkleben, und die Leute würden ihn kaufen, um dieses zu 99% aus Senatsbeständen verbrannte Brot essen zu können.
»Ich huste weniger«, dachte er.
Seine Brust ging gleichmäßig, und das Geräusch seiner Lungen war nicht mehr zu hören. Vorsichtig streckte er den linken Arm aus und nahm die Flötse, die auf dem Stuhl neben dem Bett lag. Er bettete sie neben sich, dann fuhren seine Hände wieder zum Kopf, tasteten vom Hinterkopf zu den geschwollenen Scheitelbeinen, berührten die Stirn und folgten der scharfen Kante seiner Augenhöhlen.

4 »Es waren elf Liter«, sagte der Bäcker.
»Ich habe einige Liter verloren«, entschuldigte sich Théjardin. »Der Bettkasten ist nicht sehr dicht.«
»Er ist nicht rein«, fügte der Bäcker hinzu. »Es wäre reeller, nur zehn Liter anzurechnen.«
»Sie werden allemal elf Liter verkaufen«, sagte Jacques.

»Natürlich«, sagte der Bäcker. »Aber ich werde ein schlechtes Gewissen dabei haben. Das zählt auch.«
»Ich brauche Geld«, sagte Jacques . »Seit drei Tagen spiele ich nicht.«
»Ich habe auch nicht viel Geld«, sagte der Bäcker. »Ein Auto mit 29 PS kostet was, und das Personal ruiniert mich.«
»Was können Sie mir geben?« fragte Jacques.
»In Gottes Namen«, sagte der Bäcker, »ich biete Ihnen drei Francs pro Liter, und für die elf Liter rechne ich zehn an.«
»Tun Sie was«, sagte Jacques. »Das ist zu wenig.«
»Schön«, sagte der Bäcker. »Ich gehe bis 33 Francs, aber es ist Gaunerei.«
»Geben Sie her«, sagte Jacques.
Der Bäcker zog sechs Siebenfrancscheine aus der Brieftasche.
»Geben Sie mir neun Francs heraus«, sagte er.
»Ich habe nur zehn Francs«, sagte Jacques.
»Die tun es auch«, sagte der Bäcker.
Er steckte das Geld ein, nahm den Eimer und ging zur Tür.
»Versuchen Sie noch mehr zu machen«, sagte er.
»Nein«, sagte Jacques. »Ich habe kein Fieber mehr.«
»Macht nix«, sagte der Bäcker und verschwand.
Jacques' Hände fuhren zum Kopf zurück, und er fing wieder an, seine deformierten Knochen zu streicheln. Er versuchte, seinen Schädel aufzurichten: er hätte gern dessen genaues Gewicht gewußt, aber er mußte bis zu völligen Genesung warten, und außerdem störte sein Hals.

5 Mühsam warf er die Decken zurück. Seine mageren, durch fünf Tage Bettruhe wellig gewordenen Beine lagen der Länge nach vor ihm. Er betrachtete sie ohne Begeisterung, versuchte, sie mit dem Handrücken glatt zu streichen, gab es auf, setzte sich auf die Bettkante und erhob sich unter großer Anstrengung. Durch seine Beine war er gut fünf Zentimeter kleiner geworden. Er wölbte seinen Oberkörper, und die Rippen knackten. Die Schneebezeh hinterließ Spuren. Der Morgenrock fiel in langen, schlaffen Falten über seinen ausgemergelten Hintern. Die weichen Lippen und geschwollenen Finger erlaubten kein Trübsalblasen mehr, das war ihm sofort klar.

Er ließ sich niedergeschlagen auf einen Stuhl fallen, den Kopf in den Händen. Seine Finger betasteten mechanisch die Schläfen und die schwere Stirn.

6 Der Chef des Orchesters, in dem Jacques spielte, kam die Treppe herauf; er wartete eine Minute vor der Tür, las das Schild und trat ein.

»Tag«, sagte er. »Na, geht's dir besser?«

»Ich stehe gerade auf«, sagte Jacques. »Mir ist weich.«

»Im Treppenhaus riecht es komisch«, sagte der Chef.

»Das ist die Wirtin«, sagte Jacques. »Sie macht nie ihren Morgenrock zu.«

»Es riecht gut«, sagte der Chef. »Nach Wildkaninchen.«

»Ja«, sagte Jacques.

»Wann spielst du wieder mit uns?« fragte der Chef.

»Habt ihr viel zu tun?« fragte Jacques. »Ich möchte nicht mehr im Korridor spielen. Kammermusik ist schließlich Kammermusik...«

»Du willst hoffentlich nicht sagen, daß ich schuld bin, wenn du die Schneebezeh gekriegt hast«, sagte der Chef. »Schließlich haben wir alle in diesem Korridor gespielt...«

»Ich weiß«, sagte Jacques. »Aber ich habe den ganzen Zug abbekommen, und deswegen habt ihr nichts gekriegt.«

»Geschwätz«, sagte der Chef. »Aber du hattest schon immer einen fiesen Charakter.«

»Nein, sagte Jacques. »Aber ich will nicht krank werden. Das ist mein gutes Recht.«

»Ich sollte dich ersetzen«, sagte der Chef. »Man kann nicht mit einem Kerl zusammenspielen, der sich über jeden Dreck aufregt.«

»Immerhin«, sagte Jacques, »ich bin fast draufgegangen.«

»Du gehst mir auf die Nerven«, sagte der Chef. »Ist doch nicht meine Sache. Wann kannst du wieder spielen?«

»Ich weiß nicht«, sagte Jacques. »Mir ist weich.«

»Du übertreibst allmählich«, sagte der Chef. »Das nenn ich nicht arbeiten. Ich werde Albert bitten, für dich einzuspringen.«

»Zahl mir die zwei ausstehenden Gagen«, sagte Jacques. »Ich muß der Wirtin Geld geben.«

»Ich hab nichts bei mir«, sagte der Chef. »Auf Wiedersehen. Ich gehe zu Albert. Du hast eben einen fiesen Charakter.«
»Wann zahlst du?« sagte Jacques
»Eh!... Ich werde schon zahlen«, sagte der Chef. »Ich gehe.«
Jacques' Finger irrten über die Stirn, und seine Augen waren halbgeschlossen. Vielleicht vier Kilos...?

7 Der kleine Spirituskocher summte tapfer, und das Geräusch reizte das Wasser derart, daß es im Aluminiumtopf zu zittern anfing. Viel Wasser für einen so kleinen Kocher, aber er würde es schon zum Kochen bringen.
Jacques wartete auf einem Stuhl. Um sich zu beschäftigen, übte er ein bißchen Flötse. Er verfehlte das Bemollha jedesmal um zwei Zentimeter, aber am Ende kriegte er es zu fassen und zerdrückte es, zufrieden mit dem Sieg, zwischen zwei Fingern. Es kam wieder.
Er hörte auf, denn der Schmerz in seinem Kopf kam auch wieder. Und das Wasser begann zu kochen.
»Vielleicht mehr als vier Kilos«, sagte er sich. »Wird sich zeigen...«
Also, er nahm ein großes Messer und schnitt sich den Kopf ab. Legte ihn mit ein paar Kristallen ins kochende Wasser, um ihn zu säubern und sein Gewicht nicht zu verfälschen. Und dann starb er, ohne zu Ende zu kommen, denn das geschah 1945, und die Medizin war noch nicht so vollkommen wie heute. In einer dikken runden Wolke stieg er gen Himmel. Wo hätte er auch sonst hingehen sollen.

Die toten Fische

1 Wie üblich klemmte die Wagentür; am anderen Ende des Zuges drückte der Mützenmensch kräftig auf den roten Knopf, und die Preßluft zischte in der Leitung. Der Assistent strengte sich an, die Türen auseinanderzuziehen. Er schwitzte. Graue Schweißperlen liefen ihm übers Gesicht wie die Fliegen, und man sah den dreckigen Kragen seines Hemdes aus bombenfestem Zephir.

Kurz vor der Abfahrt des Zuges ließ der Mützenmensch den Knopf los. Die Luft rülpste fröhlich unter dem Zug, und der Assistent hätte beinahe das Gleichgewicht verloren, weil die Tür unverhofft nachgegeben hatte. Er stolperte aus dem Zug, nicht ohne seine Tasche am Schließmechanismus zu zerreißen.

Der Zug fuhr ab, und die dadurch ausgelöste atmosphärische Verschiebung drückte den Assistenten gegen die übelriechenden Latrinen, wo zwei Araber mit großen Messern Politik beredeten. Der Assistent schüttelte sich und betatschte sein Haar, das wie verfaultes Gras auf seinem weichen Schädel klebte. Leichter Dampf zog von seiner halbnackten Brust, auf der sich vorstehende Schlüsselbeine abzeichneten und als Köder ein oder zwei Paar ungeschlachte, verwachsene Rippen. Schwerfällig ging er den mit roten und grünen sechseckigen Fliesen ausgelegten und stellenweise von langen schwarzen Streifen verschmierten Bahnsteig hinunter: am Nachmittag hatte es Kraken geregnet, aber das Bahnhofspersonal verbrachte die Zeit, die es laut monumentaler Dienstanweisung mit dem Reinigen der Bahnsteige verbringen sollte, mit uneingestandenen Beschäftigungen.

Der Assistent kramte in seinen Taschen, und seine Finger angelten die grobe Wellpappe, die er an der Sperre abgeben mußte. Seine Knie schmerzten, und die Feuchtigkeit der im Laufe des Tages durchsuchten Teiche ließ seine mangelhaft befestigten Gelenke knirschen.

Es muß gesagt werden, daß er in seiner Tasche eine mehr als ansehnliche Beute heimbrachte.

Er hielt der Andeutung von Mann hinter der Sperre seine Fahrkarte hin. Der Mann nahm sie, sah sie an und lächelte grausam.

»Haben Sie keine andere?« sagte er.
»Nein«, sagte der Assistent.
»Die hier ist gefälscht.«
»Aber die hat mir doch mein Chef gegeben«, sagte der Assistent freundlich, kindlich lächelnd und mit einem kleinen Zwinkern.
Der Beamte grinste.
»Dann wundert es mich nicht, daß sie gefälscht ist. Er hat heute früh zehn gekauft.«
»Zehn was?« fragte der Assistent.
»Zehn gefälschte Fahrkarten.«
»Aber weshalb?« sagte der Assistent.
Sein Lächeln erstarb und rutschte nach links.
»Um sie Ihnen zu geben«, sagte der Beamte. »Damit Sie erst angeschnauzt werden, was ich, primo, gerade tue, und secundo, damit Sie Strafe zahlen müssen.«
»Weshalb?« sagte der Assistent. »Ich habe nur sehr wenig Geld.«
»Weil es ekelhaft ist, mit einer gefälschten Fahrkarte zu fahren«, sagte der Beamte.
»Aber Sie stellen sie ja selbst her!...«
»Natürlich. Wenn es so ekelhafte Leute gibt, die mit einer gefälschten Fahrkarte fahren. Sie glauben wohl, es macht Spaß, den ganzen Tag gefälschte Fahrkarten herzustellen?«
»Auf dem Bahnsteig reinen Tisch zu machen wäre jedenfalls gescheiter«, sagte der Assistent.
»Keine Wortspiele«, sagte der Beamte. »Zahlen Sie die Strafe. Macht dreißig Francs.«
»Das stimmt nicht...«, sagte der Assistent. »Es kostet zwölf Francs, wenn man keine Fahrkarte hat.«
»Eine gefälschte Fahrkarte ist ja auch viel schlimmer«, sagte der Beamte. »Zahlen Sie oder ich rufe meinen Hund.«
»Er wird nicht kommen«, sagte der Assistent.
»Nein«, sagte der Beamte. »Aber Ihnen werden die Ohren weh tun.«
Der Assistent betrachtete das trübsinnige, ausgemergelte Gesicht des Beamten, der mit einem giftigen Blick antwortete.
»Ich habe sehr wenig Geld«, murmelte er.
»Ich auch«, sagte der Beamte. »Zahlen Sie.«
»Er gibt mir täglich fünfzig Francs...«, sagte der Assistent, »... und ich muß mich ernähren.«

Der Beamte zog den Schirm seiner Mütze herunter, und ein blauer Vorhang fiel über sein Gesicht.
»Zahlen«, sagte er mit seiner Hand, wobei er den Daumen am Zeigefinger rieb.
Der Assistent zog sein speckiges, mehrfach ausgebessertes Portemonnaie. Er nahm zwei vernarbte Zehnfrancstücke heraus und ein kleines Fünffrancstück, das noch blutete.
»Fünfundzwanzig«, schlug er zögernd vor.
»Dreißig«, sagten die drei ausgestreckten Finger des Beamten.
Der Assistent seufzte, und das Gesicht seines Chefs erschien zwischen seinen Zehen. Er spuckte darauf, genau ins Auge. Sein Herz schlug stärker. Das Gesicht löste sich auf und wurde schwarz. Er legte das Geld in die ausgestreckte Hand und ging durch die Sperre. Er hörte das Klicken des Mützenschirms, der wieder seinen üblichen Platz einnahm. Langsam erreichte er den Anfang des steilen Weges. Seine Tasche scheuerte seine mageren Hüften wund, und der Bambusgriff seines Netzes schlug ihm beim Gehen gegen seine schwächlichen und schlecht ausgebildeten Waden.

2

Er stieß das eiserne Gartentor auf, das mit einem widerlichen Kreischen nachgab. Eine große rote Lampe leuchtete oben auf der Freitreppe auf, und eine Klingel summte leise in der Diele. Er trat so schnell er konnte ein und schloß das Tor wieder, wobei er einen elektrischen Schlag erhielt, denn die Diebstahlsicherungsanlage befand sich nicht an ihrem üblichen Platz.
Er ging die Allee hinauf. Genau in der Mitte stieß sein Fuß an einen harten Gegenstand, und ein eiskalter Wasserstrahl schoß aus dem Boden, drang zwischen Knöchel und Hose und machte ihn bis zum Knie naß.
Er rannte. Wie jeden Abend packte ihn zunehmend die Wut. Mit geballten Fäusten sprang er die drei Stufen hinauf. Oben verfing sich das Netz in seinen Beinen, und durch die Bewegung, mit der er seinen Sturz auffangen wollte, zerriß er an einem aus dem Nichts kommenden Nagel zum zweiten Mal seine Tasche. Er hatte sich inwendig etwas verstaucht und keuchte wortlos. Nach einigen Augenblicken beruhigte er sich, und das Kinn fiel auf seine Brust zurück. Dann spürte er die Kälte seiner nassen Hose und drückte auf den Klingelknopf. Er ließ ihn sofort wieder los.

Ein übelriechender Dampf erhob sich, und ein Fetzen seiner Haut klebte am kochenden Porzellan, wurde schwarz und schrumpfte zusammen. Die Tür war offen. Er trat ein.
Seine mageren Beine trugen ihn mit Mühe. Er ließ sich in einer Ecke der Diele auf die kalten, nach Lepra riechenden Fliesen fallen. Sein Herz grunzte zwischen den Rippen und schüttelte ihn mit groben und unregelmäßigen Schlägen.

3

»Dürftig«, sagte der Chef.
Er untersuchte den Inhalt der Tasche.
Stehend wartete der Assistent vor dem Tisch.
»Sie haben sie kaputtgemacht«, fügte der Chef hinzu. »Die Zakken von dieser hier sind völlig hin.«
»Das liegt am Netz, es ist zu alt«, sagte der Assistent. »Wenn Sie wollen, daß ich Ihnen junge, tadellose Briefmarken fange, müssen Sie mir ein anständiges Netz bezahlen.«
»Wer nutzt denn das Netz ab?« fragte der Chef. »Sie oder ich?«
Der Assistent antwortete nichts. Seine verbrannte Hand tat ihm weh.
»Antworten Sie«, sagte der Chef, »Sie oder ich?«
»Ich, für Sie«, sagte der Assistent.
»Ich zwinge Sie nicht«, sagte der Chef. »Wenn Sie den Anspruch erheben, täglich fünfzig Francs zu verdienen, müssen Sie ihn mindestens rechtfertigen.«
»Abzüglich dreißig Francs für die Fahrkarte...«, sagte der Assistent.
»Was für eine Fahrkarte? Ich zahle Ihnen Hin- und Rückfahrt.«
»Mit gefälschten Fahrkarten.«
»Sie müssen eben achtgeben.«
»Wie soll ich es denn merken?«
»Das ist nicht schwer«, sagte der Chef. »Die aus Wellpappe sind mit Sicherheit gefälscht. Echte Fahrkarten sind aus Holz.«
»In Ordnung«, sagte der Assistent. »Geben Sie mir meine dreißig Francs zurück.«
»Nein. Diese Marken sind alle kaputt.«
»Das stimmt nicht«, sagte der Assistent. »Ich habe zwei Stunden gebraucht, um sie zu fischen, und ich mußte das Eis aufhacken. Ich habe höllisch aufgepaßt, und von sechzig sind höchstens zwei beschädigt.«

»Die ich haben wollte, sind nicht dabei«, sagte der Chef. »Ich will die Zweihunderter von Guyana aus dem Jahr 1855. Mit der Sansibar-Serie, die Sie gestern schon mitgebracht haben, kann ich nichts anfangen.«
»Man nimmt das, was man findet«, sagte der Assistent. »Vor allem mit solch einem Netz. Und außerdem ist jetzt nicht die Jahreszeit für Guayanas. Die Sansibars können Sie tauschen.«
»Dieses Jahr findet die jeder«, sagte der Chef. »Die sind nichts mehr wert.«
»Und der Wasserstrahl in die Beine und die Anlage am Gartentor und der Klingelknopf...«, platzte der Assistent plötzlich heraus. Auf seinem gelben, mageren Gesicht entstanden Falten, und er schien den Tränen nahe.
»Das härtet Sie ab«, sagte der Chef. »Was soll ich denn hier machen? Ich langweile mich.«
»Suchen Sie doch Briefmarken«, sagte der Assistent.
Es kostete ihn ziemliche Mühe, sich zu beherrschen.
»Ich bezahle Sie dafür«, sagte der Chef. »Sie sind ein Dieb. Sie stehlen das Geld, das Sie verdienen.«
Erschöpft fuhr sich der Assistent mit seinem abgewetzten Ärmel über die Stirn. Sein Kopf war so klar wie eine Glocke.
Der Tisch entfernte sich langsam von ihm, und er suchte etwas, woran er sich festhalten konnte. Aber auch der Kamin verschwand, und er brach zusammen.
»Stehen Sie auf«, sagte der Chef. »Nicht auf meinem Teppich...«
»Ich möchte mein Abendessen...«, sagte der Assistent.
»Nächstes Mal kommen Sie früher nach Hause«, sagte der Chef. »Stehen Sie auf. Ich möchte Sie nicht auf meinem Teppich liegen sehen. Stehen Sie auf, verflucht nochmal!«
Seine Stimme zitterte vor Wut, und seine knotigen Hände trommelten auf dem Schreibtisch.
Der Assistent strengte sich schrecklich an, und es gelang ihm, wieder auf die Knie zu kommen. Sein Bauch tat ihm weh, und aus seiner Hand floß Wasser und Blut. Er hatte sie mit einem schmutzigen Taschentuch umwickelt.
Der Chef traf schnell seine Auswahl und warf ihm drei Briefmarken ins Gesicht. Sie sogen sich wie Schröpfköpfe an seiner Wange fest.
»Die bringen Sie dahin zurück, von wo Sie sie geholt haben«, sagte er.

Er hämmerte die Silben, um sie förmlich anzuspitzen.
Der Assistent heulte. Seine weichen Haare fielen ihm in die Stirn, und die Briefmarken machten sich auf seiner linken Wange bemerkbar. Schwerfällig stand er auf.
»Zum letzten Mal«, sagte der Chef, »ich will keine beschädigten Briefmarken. Und erzählen Sie mir keine Geschichten über das Netz.«
»Nein, Monsieur«, sagte der Assistent.
»Hier sind Ihre fünfzig Francs«, sagte der Chef.
Er zog einen Schein aus der Tasche, spuckte darauf, zerriß ihn zur Hälfte und warf ihn auf den Boden.
Mühsam bückte sich der Assistent. Seine Knie knacktenm in kurzen, trockenen Triolen.
»Ihr Hemd ist dreckig«, sagte der Chef. »Heute nacht schlafen Sie draußen.«
Der Assistent hob den Schein auf und ging aus dem Zimmer. Der Wind wehte von neuem und rüttelte an der gewellten Glasscheibe vor dem schmiedeeisernen Gitter der Flurtür. Er schloß die Bürotür und warf dabei der Silhouette seines Chefs einen letzten Blick zu. Der saß über sein Sansibaralbum gebeugt und begann, mit einer großen gelben Lupe ausgerüstet, das Vergleichen und Abschätzen der Werte.

4 Er ging die Freitreppe wieder hinunter und zog seine lange Jacke, die durch allzu verlängerte Bekanntschaft mit Briefmarkenteichen ganz grün geworden war, fester an sich. Der Wind drang durch die Löcher des Gewebes und blähte seinen Rücken, bis er bucklig aussah, was nicht ohne Schaden für sein Rückgrat abging; er litt an innerer Mimikry und mußte täglich darum kämpfen, seinen kranken Organen die üblichen Funktionen und die gewöhnliche Form zu bewahren.
Es war jetzt ganz dunkel, und die Erde strahlte einen matten und schäbigen Schimmer aus. Der Assistent ging nach rechts und lief an der Mauer des Hauses entlang. Er hielt sich an die schwarze Linie des entrollten Schlauchs, den sein Chef dazu benutzte, die Ratten im Keller zu ersäufen. Er erreichte die nahe, wurmstichige Nische, in der er schon in der Nacht zuvor geschlafen hatte. Das Stroh im Innern war naß und roch nach Kakerlaken. Ein al-

ter Stoffetzen tarnte den runden Eingang. Als er ihn hochnahm, um vorsichtig hineinzuschlüpfen, gab es ein Leuchtfeuer und eine Explosion. Im Innern der Nische war ein dicker Knallfrosch losgegangen und füllte sie mit heftigem Pulvergestank.
Der Assistent war zurückgefahren, und sein Herz drehte durch. Er versuchte, die Schläge zu unterdrücken, indem er zu atmen aufhörte, aber seine Augen fingen fast gleichzeitig an zu tanzen, und er schnappte gierig nach Luft. Im selben Augenblick drang der Pulvergestank in seine Lungen und beruhigte ihn ein bißchen.
Er wartete, bis wieder Stille war, und horchte aufmerksam, dann pfiff er leise. Ohne sich umzudrehen, kroch er in die Nische und kauerte sich auf das ungesunde Stroh. Er pfiff von neuem, dann lauschte er. Leichte kleine Schritte näherten sich, und im blassen Schimmer der Erde erkannte er sein lebendes Etwas, das wieder zu ihm kam. Es war ein sanftes und zottiges, gezähmtes lebendes Etwas, das er, so gut es ging, mit toten Fischen fütterte. Es kam in die Nische und kuschelte sich an ihn. Plötzlich erinnerte er sich und griff mit der Hand an seine Wange. Die drei Briefmarken sogen ihm schon das Blut aus, und er riß sie mit Gewalt ab, an sich haltend, um nicht zu schreien. Er warf sie weit von sich, vor die Nische. Die Feuchtigkeit des Bodens würde sie sicher bis zum Morgen frisch halten. Das lebende Etwas begann, ihm die Wange zu lecken, und er sprach mit ihm, um sich zu beruhigen. Er sprach mit leiser Stimme, weil sein Chef ihn, wenn er allein war, mit Abhörgeräten überwachte.
»Er fällt mir auf die Nerven«, hauchte er.
Das lebende Etwas murmelte leise und leckte von neuem.
»Ich glaube, ich müßte etwas tun. Mich nicht mißhandeln lassen, entgegen seinem Verbot saubere Hemden tragen und gefälschte Fahrkarten aus Holz haben. Und dann das Netz reparieren und ihn daran hindern, Löcher hineinzubohren. Ich glaube, ich müßte mich weigern, in der Nische zu schlafen und mein Zimmer fordern und Lohnerhöhung fordern, denn mit fünfzig Francs täglich kann ich nicht leben. Und auch dicker werden und sehr kräftig und sehr schön werden und mich auflehnen, ohne daß er darauf gefaßt ist, und ihm einen Ziegel ins Gesicht werfen. Ich glaube, das werde ich tun.«
Er drehte sich herum und dachte mit solcher Heftigkeit nach, daß die Luft in großen Stößen durch die runde Öffnung aus der

Nische entwich und drinnen nicht mehr genug zum Atmen blieb. Durch die Ritzen kam von unten wieder ein bißchen durch das Stroh herein, aber das verstärkte noch den Kakerlakengeruch, mit dem sich jetzt der unangenehme Duft erhitzter Schnecken mischte.
»Mir paßt diese Nische nicht. Es ist kalt. Glücklicherweise bist du da. Im Keller rumort es, das ist das Wasser, das durch die Rattenlöcher eindringt. Man kann nicht schlafen, wenn man jeden Abend, den der liebe Gott löscht, das Schreien der Ratten im Ohr hat. Warum will er diese Ratten um jeden Preis töten, und warum mit Wasser? Man tötet Ratten mit Blut.«
Das lebende Etwas leckte ihn nicht mehr. Er sah sein Profil auf dem grauen Grund der schimmernden Erde, seine zierliche Schnauze, seine spitzen Ohren und seine gelben Augen, die etliche kalte Blitze reflektierten. Auf der Suche nach einem bequemen Platz drehte sich das lebende Etwas einmal um sich selbst und schmiegte sich an ihn, die Nase auf seinen Schenkeln.
»Ich friere«, sagte der Assistent.
Er schluchzte jetzt leise. Seine Tränen tropften auf das Stroh, leichter Dampf stieg auf, und die Konturen der Gegenstände verschwammen.
»Weck mich morgen früh«, fügte er hinzu. »Ich muß diese drei Marken zurückbringen. Hoffentlich gibt er mir keine gefälschte Fahrkarte für den Zug.«
In der Ferne Heidenlärm, dann schrilles Zischen und schwache Galoppgeräusche.
»Ach!...«, sagte der Assistent. »Schon wieder. Er nimmt sich die Ratten vor. Ich wollte, er wäre eine Ratte. Ich würde selber den Schlauch halten. Hoffentlich gibt er mir morgen abend fünfzig Francs. Ich habe Hunger. Ich würde eine lebende Ratte fressen.«
Er hielt sich den Bauch mit beiden Händen und heulte weiter, und dann verebbte allmählich der Rhythmus seines Schluchzens, wie eine Maschine, die zum Stillstand kommt, und sein völlig verkrampfter Körper entspannte sich. Seine Füße ragten aus der Öffnung der Nische heraus, und er schlief, die Wange auf dem übelriechenden Stroh. In seinem leeren Bauch hörte man Kieselgeräusch.

5 Als er durch das Zimmer kroch, hörte der Chef die melodischen Rufe, mit denen das Pfeffermädchen wie gewöhnlich sein Kommen ankündigte. Er stellte sich auf die Hinterbeine, bemerkte, daß er auf diese Weise laufen konnte und rannte in die Diele, deren Tür er betont brutal öffnete. Von der Freitreppe sah er, wie das Mädchen näherkam.

Sie trug die übliche Kleidung, einen kleinen Rock, der in Höhe des Hinterns in Falten gelegt war, kurze rote und blaue Söckchen und einen Bolero, der unter dem Busen aufhörte, nicht zu vergessen die rotweiß gestreifte Baumwollmütze, die die Pfeffermädchen von der Insel Maurice der Welt mit viel Geduld aufgedrängt haben.

Der Chef gab ihr ein Zeichen, und sie kam die Allee herauf. Gleichzeitig stieg er die Treppe hinunter und ging ihr entgegen.

»Guten Tag«, sagte er »Ich möchte Pfeffer.«

»Wieviel Körner?« fragte sie mit geheucheltem Lächeln, denn sie verabscheute ihn.

Ihre schwarzen Haare und ihre matte Haut wirkten auf den Chef wie ein Glas kaltes Wasser auf die Eier, in der Tat eine bemerkenswerte Wirkung.

»Gehen Sie die Treppe hoch«, sagte er, »und ich werde Ihnen sagen, wieviel.«

»Sie wollen doch nur unten stehenbleiben und meine Schenkel sehen, das wollen Sie doch bloß?«

»Ja«, sagte der Chef sabbernd.

Er streckte die Hände aus.

»Bezahlen Sie erst den Pfeffer«, sagte sie.

»Wieviel?«

»Hundert Francs das Korn, und erst müssen Sie probieren.«

»Werden Sie auch die Treppe hochgehen?...« säuselte der Chef. »Ich verspreche Ihnen eine Sansibar-Serie.«

»Mein Bruder hat gestern drei nach Hause gebracht«, sagte sie mit süßlichem Grinsen. »Probieren Sie meinen Pfeffer.«

Sie reichte ihm ein Korn, und der Chef bemerkte nicht, daß es giftiger Nelkensamen war. Arglos führte er ihn zum Mund und verschlang ihn.

Das Pfeffermädchen entfernte sich schon...

»Was?« rief der Chef. »Und die Treppe?«

»Ha! Ha! Ha!« sagte das Pfeffermädchen mit geübter Bosheit.

Währenddessen begann der Chef die stärkende Wirkung des Gif-

tes zu spüren und machte sich daran, mit größter Geschwindigkeit um das Haus zu rennen. Vom Gartentor aus sah ihm das Pfeffermädchen zu.
Nach der dritten Runde gab sie ihm ein Zeichen und wartete, daß er sie ansah, was er auch, ein immer schnelleres Tempo vorlegend, nach der vierten Runde tat. Da hob sie ihren kleinen Faltenrock und sah zu, wie das Gesicht des Chefs violett wurde, dann ganz schwarz und dann zu brennen anfing, und da er die Augen fest auf das richtete, was sie ihm zeigte, verhedderten sich seine Füße im Gartenschlauch, mit dem er die Ratten ersäufte; er fiel mit dem Gesicht auf einen großen Stein, und der grub sich direkt zwischen seine Backenknochen, wo Nase und Kiefer saßen. Seine Füße sträubten sich noch gegen den Boden und schaufelten eine Doppelrinne, in der man nach und nach, in dem Maße, in dem sich seine Schuhe abnutzten, die Spur von fünf ordinären Zehen sehen konnte, mit denen er üblicherweise seine Socken festhielt.
Das Pfeffermädchen schloß das Tor, setzte seinen Weg fort und schlenkerte die Quaste seiner Baumwollmütze auf die andere Seite, zum Hohn.

6 Vergeblich versuchte der Assistent, die Wagentür zu öffnen. Es war sehr heiß im Zug, auf diese Weise holten sich die Fahrgäste beim Aussteigen einen Schnupfen, denn der Bruder des Mechanikers handelte mit Taschentüchern.
Er hatte den ganzen Tag für eine kümmerliche Ernte geschuftet, und sein Herz war voll Zufriedenheit, denn er würde seinen Chef umbringen. Es gelang ihm schließlich, die beiden Hälften der Tür auseinanderzubringen, indem er nach oben und unten zog, und er begriff, daß der Mützenmensch sie auf die Seite gedreht hatte, um ihm einen bösen Streich zu spielen. Glücklich, diese Posse vereitelt zu haben, hüpfte er leicht auf den Bahnsteig und kramte in seiner Tasche. Mühelos fand er das Stück Wellpappe, das er an der Sperre abgeben würde, und ging schnell auf das Häuschen zu, das von einem Mann mit verschmitzter Miene besetzt war, in dem er den Beamten vom Vortag erkannte.
»Ich habe eine gefälschte Fahrkarte...«, sagte er.
»Ach?« sagte der andere. »Zeigen Sie mal.«
Er gab seine Fahrkarte, der Mann nahm sie und untersuchte sie

dann mit so großer Aufmerksamkeit, daß sich seine Mütze hob, um die Ohren drunterzulassen.
»Sie ist gut nachgemacht«, sagte der Mann.
»Nur daß sie nicht aus Holz ist, sondern aus Pappe«, sagte der Assistent.
»Wirklich?« sagte der Mann. »Ich würde auf Holz schwören, wenn ich nicht wüßte, daß es natürlich Pappe ist.«
»Immerhin«, sagte der Assistent, »sich vorzustellen, daß mein Chef sie mir als echte gegeben hat...«
»Eine echte kostet nur zwölf Francs«, sagte der Mann. »Für diese da zahlt er viel mehr.«
»Wieviel?« fragte der Assistent.
»Ich gebe Ihnen dreißig Francs dafür«, sagte der Mann und griff in seine Tasche.
Der Assistent merkte an der Lässigkeit seiner Geste, daß er schlecht erzogen war. Aber der Mann zog nur drei Zehnfrancscheine aus der Tasche, die mit grüner Nußschale gefälscht waren.
»Hier«, fügte er hinzu.
»Natürlich sind sie gefälscht?« sagte der Assistent.
»Ich kann Ihnen keine echten Scheine für eine gefälschte Fahrkarte geben, überlegen Sie doch«, sagte der Beamte.
»Nein«, sagte der Assistent, »aber ich behalte meine Fahrkarte.«
Er faßte sich ein Herz und nahm einen großen Anlauf, worauf seine magere Faust der rechten Hälfte des Mützengesichts die Haut abziehen konnte. Der Mann legte seine Hand zum Gruß an den Schirm und schlug in dieser Stellung hin, so daß er mit dem Ellbogen auf den harten Beton des Bahnsteigs fiel, auf die sechseckigen Fliesen, die genau an dieser Stelle blau und phosphoreszierend waren.
Der Assistent stieg über den Körper und ging weg. Warmes, heiteres Leben pulsierte in ihm, und er beeilte sich, daß er den steilen Weg hochkam. Er löste den Riemen vom Netz und benutzte es zum Aufstieg. Im Vorübergehen harpunierte er damit die Spitzen der Eisenpfosten, die das Schutzgitter entlang des Schotterweges stützten, und hangelte sich am Griff bequem über die kantigen Steine. Nach einigen Metern riß die Tasche und flog in Fetzen davon. Er würde die Eisendrahtschlinge seinem Chef um den Hals legen.
Er gelangte sehr schnell ans Gartentor und stieß es achtlos auf. Er hoffte auf einen Stromschlag, der seine Wut anheizen sollte, aber

er spürte nichts und blieb stehen. Vor der Treppe bewegte sich etwas schwach. Er lief die Allee entlang. Seine Haut rötete sich, trotz der Kälte, und er roch wieder seinen lange vergessenen Körper, mit einem muffigen Nebengeruch nach Stroh und Kakerlaken.
Er ließ seine fadenförmigen Armmuskeln spielen, und seine Finger krampften sich um den Bambusgriff. Sicher hatte sein Chef irgendwen umgebracht.
Erstaunt blieb er stehen, als er den dunklen Anzug und den vor Stärke glänzenden Kragen erkannte. Der Kopf seines Chefs bildete nur noch eine schwärzliche Masse, und seine Beine gruben zwei tiefe, gestreifte Rinnen.
Eine Art Verzweiflung packte ihn, und er zitterte am ganzen Körper vor Wut und Blutdurst. Er rollte wild die Augen, unruhig und außer Fassung. Er hatte eine Menge Sachen sagen wollen. Sie mußten gesagt werden.
»Warum hast du das getan, du Schwein?«
»Schwein«, hallte es in der neutralen Luft mit altmodischem und ungenügendem Klang wider.
»Schwein! Sau! Sack! Scheißer! Drecksack! Dieb! Lump! Sack!«
Tränen rannen ihm aus den Augen, denn der Chef antwortete nicht. Er nahm den Bambusgriff und pflanzte ihn mitten in den Rücken des Chefs.
»Antworte, altes Arschloch. Du hast mir eine gefälschte Fahrkarte gegeben.«
Er stieß mit seinem ganzen Gewicht zu, und der Griff bohrte sich in die durch das Gift erschlafften Gewebe. Um den Katzenjammer loszuwerden, drehte er am anderen Ende des Griffes, als wäre es der Schaft eines Kreisels.
»Gefälschte Fahrkarte, Kakerlakenstroh, meine dreißig Francs, und ich habe Hunger, und meine fünfzig Francs von heute?«
Der Chef bewegte sich fast nicht mehr, und der Katzenjammer verschwand auch nicht.
»Ich wollte dich umbringen. Drecksack. Ich mußte dich umbringen. Dich umbringen, totes altes Arschloch, ja dich. Meine fünfzig Francs, he?«

Er zog den Griff aus der Wunde und hieb mit großen Schlägen auf den verkohlten Schädel, der wie die Kruste eines zu scharf gebak-

kenen Soufflés zusammenfiel. Wo der Kopf des Chefs gewesen war, war jetzt nichts mehr. Er endete am Kragen.
Der Assistent hörte auf zu zittern.
»Du haust lieber ab? Schon gut. Aber ich, ich muß jemand umbringen.«
Er setzte sich auf den Boden, er weinte wie am Vortag, und sein lebendes Etwas kam mit leichten Schritten angelaufen, Freundschaft suchend. Der Assistent schloß die Augen. Auf seiner Wange spürte er die weiche und zarte Berührung, und seine Finger schlossen sich um den gebrechlichen Hals. Das lebende Etwas machte keine Anstalten, sich zu wehren, und als die Liebkosung auf seiner Wange kalt wurde, wußte er, daß er es erwürgt hatte. Dann stand er auf. Er stolperte die Allee entlang und lief auf den Weg, gedankenlos ging er nach rechts, und der Chef bewegte sich gar nicht mehr.

7 Er sah den großen blauen Briefmarkenteich vor sich. Die Nacht brach herein, und im Wasser glänzten rätselhafte und ferne Reflexe. Der Teich war nicht tief; man konnte Hunderte von Briefmarken sehen, aber sie hatten keinen großen Wert, denn sie vermehrten sich das ganze Jahr über.
Er nahm zwei Stöcke aus seiner Tasche und pflanzte sie in der Nähe des Teichs ein, im Abstand von einem Meter. Vom einen zum andern spannte er einen schrill tönenden Stahldraht und tastete ihn mit dem Finger nach einem traurigen Ton ab. Der Draht saß zehn Zentimeter über dem Boden, parallel zum Rand des Teichs.
Der Assistent ging ein paar Schritte zurück, drehte sich dann um und lief, mit dem Gesicht zum Wasser, gerade auf den Draht zu. Er hatte die Augen geschlossen und pfiff eine zarte Melodie, die sein lebendes Etwas gemocht hatte. Er lief langsam, mit kleinen Schritten, und seine Füße verfingen sich im Stahldraht. Er fiel kopfüber ins Wasser. Sein Körper bewegte sich nicht, und schon hefteten sich unter der stummen Oberfläche blaue Briefmarken an seine abgezehrten Wangen.

Der Nebel

1 Der Direktor der Anstalt beobachtete André, wie er fortging. Beim Gehen preßte er die Ellbogen an den Körper und legte den Kopf rechtwinklig nach hinten.
»Er ist völlig geheilt«, dachte der Direktor.
Vor drei Monaten, als man ihm den stillen Patienten eingeliefert hatte, konnte er sich nur mit gespreizten Armen fortbewegen, betrachtete dabei seinen Nabel und summte wie eine Hummel.
»Eigenartiger Fall«, brummelte der Direktor vor sich hin. Er fischte seine Zigaretten aus der Tasche, stopfte sich eine ins Ohr, begann auf dem Streichholz zu kauen, hüpfte von einem Fuß auf den anderen und kehrte auf allen vieren in sein Büro zurück.
Nach zweihundert Metern fühlte sich André müde, spreizte die Arme vom Körper, dann blies er, den Kopf nach vorn gebeugt, die Backen auf, ging weiter und machte Bssss... Der Boden unter seinen Füßen hüpfte, die Bäume am Weg hingegen wedelten mit dem Schwanz. Einladende kleine Häuser, mit einer Kapuze aus abgeblühtem Wein bewachsen, nahmen im Vorübergehen Andrés bärtige Physiognomie unter die Lupe, brachten aber kein handgreifliches Ergebnis heraus.
Als André die Straßenbahn kommen sah, legte er einen tollen Sprint ein, und der darauffolgende Schmerzensschrei übertönte den Krach, der durch die Kontaktaufnahme von Straßenbahnfront und Läuferrippen entstand.
Wie nicht anders zu erwarten, brachte man ihn in eine Apotheke, um ihm ein alkoholhaltiges Mundwasser zu reichen, obwohl es Dienstag war. Er gab ein kleines Trinkgeld und setzte seinen Heimweg fort.

2 Von seinem Fenster im fünften Stock sah er jetzt wieder das Dach des etwas niedrigeren Hauses von gegenüber und dessen zu lange offengelassene Fensterläden, die die Wand – unsichtbar, da sie immer offenstanden – mit horizontalen Streifen markierten. Im dritten Stock zog sich ein junges Mädchen vor dem Spiegel-

schrank aus, und man erkannte das Ende des schon wieder kühlen Palisanderbettes, auf dem eine knallgelbe amerikanische Daunendecke lag, von der sich zwei ungeduldige Füße abhoben. Genau bedacht war es vielleicht doch kein junges Mädchen, und das Türschild: *Sporthotel,* Zimmer stundenweise, halbstundenweise und auf die Schnelle, wäre Beweis genug. Aber es war ein stattliches Hotel, mit Mosaikfassade im Parterre, Vorhängen an allen Fenstern, und nur ein einziger Ziegel, mitten auf dem Dach, war unordentlich verlegt. Andere Ziegel waren nach dem letzten Bombardement ersetzt worden, und ihr helleres Rot zeichnete auf dem braunen Dach das Profil der schwangeren Maria Stuart, signiert vom Meister Gustave Laurent, Decker von Dächern, rue Gambetta. Das Nachbarhaus war nicht repariert, eine Plane bedeckte noch den rechts außen klaffenden Mauerriß, Berge von Schutt und Schrott türmten sich am Fuß der Mauer, bevölkert von Kellerasseln und giftigen Klapperschlangen, deren Klappern spät in der Nacht ertönten, wie bei der Wandlung in einer Schwarzen Messe.
Das letzte Bombardement hatte andere Folgen gehabt, besonders die, André in die Anstalt zu bringen. Es war das zweite, das er erlebte, und sein Hirn, gewohnt, sich freizügig am Evangelium des Cin Zano zu laben, drehte bei dieser Gelegenheit durch, in eine Richtung, die André vertikal in zwei fast gleiche Teile teilte, die sich, im Profil gesehen, in Uhrzeigerrichtung bewegten, so daß der Schädel nach vorn gerichtet wurde und er gezwungen war, die Arme auszubreiten, um sein Gleichgewicht zu halten. Er vervollständigte diese originelle Haltung durch ein leicht rhythmisches Bssss und blieb auf diese Weise einige Ellen oberhalb des Gewöhnlichen.
Die beschriebene Wirkung wurde langsam dank der Bemühungen des Direktors der Anstalt behoben, und die Geste, mit der André sein früheres Verhalten wieder angenommen hatte, sobald er außer Sicht dieses tüchtigen Herrn war, entsprach ebenso einem leicht verständlichen Bedürfnis nach Freiheit wie erfinderischem Übermut.
Eine Etage tiefer schlug die Standuhr des Anwalts fünf Mal. Die Hammerschläge auf die Bronze schlugen an Andrés Herz, als kämen sie gleichzeitig aus den vier Zimmerecken. Keine Kirche in der Umgebung. Die Standuhr des Anwalts, nur sie, verband André mit der Außenwelt.

Aus polierter Eiche. Ein rundes und glattes Zifferblatt aus mattem Metall. Eingelegte Ziffern aus rotem Kupfer und, weiter unten, eine Glasscheibe, durch die man den kurzen und zylindrischen Perpendikel erkennen konnte, der in einer Spule endete, in die eine geschwungene Stange glitt, die wiederum im Stillstand den gebogenen Querbalken eines Ankers bildete. Als gute elektrische Uhr blieb sie niemals stehen, und der Anker blieb für alle unsichtbar. Aber André hatte ihn am Abend des Bombardements durch die geöffnete Tür des Anwalts gesehen. Die Uhr zeigte sechs, die Hälfte der Ewigkeit, und in diesem Augenblick hatte ihn die Bombe überrascht, ihm wütend die Tür gewiesen und ihm die Pest ins Gesicht gehaucht. Er floh, sein Sturz von der Treppe endete erst im Keller, elf Stunden verloren dabei ihre geriffelte Messingkante.
Angehalten, sobald sie in seinem Besitz wäre, würde die Uhr André erlauben, in der Zeit Anker zu werfen.

3 Immer noch wuchs die Hitze und stieß sich an der niedrigen Decke, preßte die Luft zum Atmen allmählich zu einem schmalen Streifen unten an der Tür, die auf den Treppenabsatz führte. Vor seinem Bett ausgestreckt, atmete André in großen Zügen auf dem Boden die kaum frischere Luft, deren unmerkliche Bewegung Staubflocken an den vollen Ritzen des abgenutzten Parketts festhakte. Der Wasserhahn über dem Waschbecken kühlte förmlich widerwillig eine Flasche, gerade genug um zu verhindern, daß der Alkohol sich entzündete. Es war die zweite Flasche, und der Inhalt der ersten bullerte in Andrés Magenbuchten und drückte grauen Dampf durch seine Poren.
Legte er das Ohr an den Fußboden, so hörte er deutlich das regelmäßge Ticken der Uhr und rutschte dann so lange hin und her, bis er sich im Zenit befand. Mit der robusten Klinge eines Taschenmessers versuchte er, in das hundertmal gescheuerte Tannenholz ein Loch zu bohren, um die Uhr zu sehen. Die Holzmasern, gelber und härter, traten unter der Stahlschneide hervor, hingegen gaben die vom Schrubben abgenutzten Zwischenschichten ziemlich leicht nach. André durchschnitt die Maserung erst quer, dann setzte er die Klinge parallel an und ließ Splitter in Streichholzlänge herausspringen.

Durch das blendende Rechteck des offenen Fensters kam Flugzeugdröhnen, sehr hoch, ein strahlender Punkt vor halbgeschlossenem Migräneauge, fliehend, unaufhaltsam. Kein Bombardement. Die Geschütze der Flak, die am Ende der nahen Brücke in Stellung gebracht waren, blieben still. Er nahm wieder sein Messer.
Vielleicht ließe der Anwalt, bei einem neuen Bombardement, noch einmal die Tür offen...

4 Der Anwalt krempelte sich die Ärmel hoch, kratzte sich durch den Ausschnitt seines Talars kräftig die Brust, was ein Geräusch wie beim Pferdestriegeln machte, zog einer Balustersäule neben sich sein Barett über den glänzenden Schädel und begann sein Plädoyer.
»Meine Herren Geschworenen«, begann er, »lassen wir das Motiv des Mordes beiseite, die Umstände, unter denen er begangen wurde, und auch den Mord selbst. Was haben Sie unter diesen Bedingungen meinem Klienten vorzuwerfen?« Die Geschworenen, von diesem noch nicht bedachten Aspekt des Problems überrascht, schwiegen beunruhigt. Der Richter schlief, und der Staatsanwalt war von den Deutschen gekauft.
»Betrachten wir das Problem einmal anders«, sagte der Anwalt, glücklich über diesen ersten Erfolg. »Wenn man einmal absieht von dem gewiß bedauernswerten Schmerz der Verwandten des Opfers, vor dem ich mich verneige, wenn man noch die Notwendigkeit beiseite läßt, vor die sich mein Klient gestellt sah, aus, gestatten Sie mir dies hinzuzufügen, purer Notwehr die beiden Polizisten, die ihn verhaften sollten, niederzuschlagen, wenn man schließlich über alles hinwegsieht, was bleibt dann übrig?«
»Nichts«, mußte einer der Geschworenen, ein Volksschullehrer, zugeben.
»Wenn wir, davon ausgehend, berücksichtigen, daß mein Klient seit seiner frühesten Kindheit nur mit Banditen und Mördern Umgang gehabt, daß er sein ganzes Leben lang das Beispiel eines ausschweifenden und wüsten Lebens vor Augen gehabt, daß er sich selbst dieser Lebensart hingegeben und sie als völlig normal angenommen hat, so daß er selbst ein Wüstling, ein Bandit und ein Mörder geworden ist, zu welchem Schluß müssen wir dann kommen?«

Die Geschworenen waren verblüfft von soviel Beredsamkeit, und der bärtige Alte auf der äußersten Rechten wartete mit artiger Ausdauer auf die Kadenz der Spucke auf dem Fußboden. Aber von neuem fühlte sich der Volksschullehrer verpflichtet zu antworten: »Nichts!« und wurde sofort rot. »Oh doch! mein Herr«, fuhr der Anwalt mit so großem Stimmaufwand fort, daß es Glassplitter auf die Zuschauer regnete. (Er hatte sie am Morgen gegessen.) »Wir müssen daraus schließen, daß mein Klient, wenn er in einem ehrbaren Milieu aufgewachsen wäre, nur ehrbare Gewohnheiten angenommen hätte. Das Sprichwort sagt: *Asinus asinum fricat;* aber es verschweigt, daß auch das Gegenteil wahr sein kann. Der Volksschullehrer suchte eine Weile nach dem Gegenteil eines Esels, und diese Anstrengung erschöpfte ihn so sehr, daß er ganz weich wurde und, ohne sich wieder zu erholen, starb.
»Aber«, schloß der Anwalt, »was ich vorhin sagte, war nicht die Wahrheit. Mein Klient ist aus bester Familie, hat eine vorzügliche Erziehung genossen, und er hat das Opfer freiwillig und bei vollem Bewußtsein umgebracht, um ihm seine Zigaretten zu stehlen.«
»Er hatte recht«, schrien die Geschworenen einstimmig, und nach Beratung wurde der Mörder zum Tode verurteilt.
Der Anwalt verließ das Gericht, bestieg sein Fahrrad, um heimzufahren, und achtete darauf, seinen Steiß präzis auf den Sattel zu setzen, damit der sich in der weiten Robe von Piguet verfangende Wind seine behaarten Schenkel vor aller Augen zur Geltung bringen könne, wie es die Mode forderte. Darunter trug er eine Pumphose aus rotem Tuch, mit Gummizügen an den Beinen.
In der Nähe seines Hauses hielt er vor der Auslage eines Antiquitätenhändlers. Eine holländische Standuhr bot dem überwältigten Auge die Komplexität eines mehrfachen Zifferblattes, auf dem sich die Mondphasen in aufeinanderfolgenden Mondsicheln vor schwarzem und goldenem Glanz von Neumond und Vollmond entfalteten. Auf dem geschnitzten Giebel konnte man auch die Tage, die Monate, das Datum und das Alter des Uhrmachers ablesen.
Der Klient, den er gerade verteidigt hatte, hatte ihm als Honorar testamentarisch sein ganzes Vermögen vermacht. In dem Bewußtsein, bald zu erben, da man den Mann dank seiner Bemühungen zum Tode verurteilt hatte, hielt er es für angemessen, die-

sen glücklichen Tag durch den Kauf der Standuhr zu feiern. Er nahm sie nicht gleich mit, weil er schon seine Taschenuhr bei sich hatte, und sagte, er ließe sie abholen.

5 Ein Lichtschimmer drang durch das kleine viereckige Loch im Fußboden und brach sich träge an Andrés Decke neben der Spinne. Die Spinne rundete die Ecken des Flecks und gab ihm nach und nach die Form eines Zifferblatts, machte sich daran, die Ziffern zu setzen, und André hörte, daß man in der unteren Etage von *IHR* sprach.

Er legte sein Ohr an die Öffnung , und der Lichtschimmer drang ihm ins Ohr, und, ganz selbstverständlich, hörte er ihre Worte in klaren Lettern mit seinen Augen.

Der Anwalt aß mit einem Freund.

»Ich werde diese Standuhr verkaufen«, sagte er und zeigte ihm das Ankergehäuse, in dem der Perpendikel ausschlug und dann wieder seinen gewohnten Weg nahm.

»Geht sie nicht mehr?« fragte der Freund.

»Sie läßt nichts zu wünschen übrig. Aber ich habe vorhin eine sehr viel schönere gesehen«, sagte der Anwalt und leerte die Hälfte seines Weinglases, genau die, die eben noch voll gewesen war.

»Trink doch!« fuhr er fort, füllte es von neuem und machte den Anfang.

»Wie ist die andere?« fragte der Freund.

»Sie zeigt die Mondphasen an«, erwiderte der Anwalt.

Dann hörte André nichts mehr, denn die beiden Männer sprachen nicht mehr von der Standuhr.

Er stand auf. Um sich nicht zu verraten, hatte er es vermieden, das Licht anzuknipsen. Der aus dem Fußboden kommende Lichtschimmer fiel wieder auf die leicht angeschrägte Decke des Mansardendachs.

Nach Wunsch voll und rund ergänzte der Bombermond die Beleuchtung und bewegte sich ein bißchen, denn es wurde immer heißer.

Im Waschbecken tropfte der Hahn immer noch auf die Flasche. André lag auf seinem Bett, und die Standuhr schlug in seinem Kopf so oft sie konnte. Die Zeit um ihn herum verging, aber der Anker fehlte ihm, um sich an ihr festzuhalten.

Es gab keinen Wind, es gab keinen Regen, und trotz aller List Andrés nahm die Hitze mit jedem Abend noch zu und drückte von außen derart auf die Fensterscheiben, daß er sah, wie sie sich ihm entgegenwölbten, sich aufblähten, eine nach der andern zersprangen, um sich sofort wieder neu zu bilden, wie Seifenblasen im Wasser einer schartigen Schale.
Wenn eine der Scheiben zersprang, konnte man schwach und für einen Augenblick die Geräusche von draußen hören, die Schritte der Patrouille ganz unten auf der gepflasterten Straße, das Kreischen der Katzen auf dem benachbarten Dach, die dumpfen Geräusche der Radios hinter den vor weit geöffneten Fenstern zugezogenen Vorhängen. Unten erkannte man, wenn man sich hinauslehnte, die hellen Flecke auf dem Hemd des Portiers und auf dem Kleid der Portiersfrau, die auf zwei alten Stühlen vor ihrer Loge saßen; aber man mußte sich beeilen, denn die Fenster bildeten sich wieder neu.
Das Plätschern des Wassers aus dem Hahn ließ nach, nahm dann wieder zu, zum Zeichen, daß auch eine Etage tiefer Wasser gebraucht wurde. Der Sprungfederrahmen knarrte sehr leise, im Rhythmus von Andrés Atem.
Das Bett begann, den Boden zu kratzen nach Katzenart, krümmte die Füße, hob sie nacheinander und hielt sich in regelmäßiger Bewegung. Das Parkett würde morgen ruiniert sein und die Füße nach und nach wegsacken. Um die Wirkung abzuschwächen, stand André auf, legte sich auf den Boden und schob unter jeden Fuß in dem Augenblick, in dem er sich hob, einen alten Schuh, aber das Bett nahm das nur als Gelegenheit, im Zimmer die Runde zu machen und das Bein gegen die Wand zu heben. Mit Schuhen war Laufen lustig und einfach.
Der Freund des Anwalts war weggegangen, und der Anwalt mußte das Eßzimmer verlassen haben, denn der Lichtschimmer an der Decke war nicht mehr zu sehen.
Man hörte nur sehr schwach Radiogeräusche und von irgendwoher den aus fünf Tönen bestehenden Störton des BBC, und plötzlich kam über den Himmel undefinierbares Brummen. Ein Flugzeug flog vorbei, immer noch in so großer Höhe, daß seine Richtung unklar blieb.
Die Minuten verloren sich weiter, denn noch hatte André nicht den Anker. Auf Hals und Schenkeln brach ihm der Schweiß aus, als er daran dachte, daß er gleich weggehen müsse.

Schon hörte er in der Ferne das leisere Aufheulen der Sirenen aus dem Nachbarbezirk und einige Sekunden später auch das Gejaule der Sirenen auf dem Rathaus.
Die Flak hatte noch nicht angefangen, aber zwei Scheinwerfer warfen unsichere Flecke auf den Himmel, zwei unscharfe, riesige, flackernde Nebelflecken.
Die Lichtstrahlen markierten jetzt die Fensterrahmen vor den gewissenhaft geschlossenen Vorhängen, und die Gebäude füllten sich mit dumpfen Geräuschen. Man hörte die Schreie eines aus dem Schlaf gerissenen Kindes, dann, endlos, Schritte im Treppenhaus, und im Keller das Getöne des Portiers, den man am üblichen Vokabular erkannte. Die Tür des Anwalts öffnete sich nicht. Bestimmt schlief er, vom Wein angeschlagen, weil er beim Essen zuviel getrunken hatte. Plötzlich erlosch überall das Licht. Immer noch auf dem Fußboden liegend, kroch André bis zum Fenster und lauerte ängstlich auf die Ankunft der Flugzeuge und das Krachen der Bombe, das den Anwalt aufwecken würde.
Er stand auf, versuchte, Wasser aus dem Hahn laufen zu lassen, dessen leises Plätschern er nicht mehr hörte, brachte aber nur ein hohles Gegluckse zustande. Der Hauswart hatte gerade den Haupthahn im Keller abgedreht. Trotzdem trank er den Alkohol aus der Flasche, der lief ihm wie ein Bohrer in die Speiseröhre, zuerst mit einem merkwürdigen Schnarren, dann mit dem Geräusch einer auslaufenden Badewanne. Menschlichkeit gebot ihm, den Anwalt zu warnen.
Sich durch das Dunkel tastend, nahm er dem Bett wieder zwei Schuhe weg, zog sie mühsam an – er mußte mit dem Bett darum kämpfen, und die Eisenrolle riß ihm eine zehn Zentimeter lange Wunde ins Handgelenk. Heimtückisch zog er von unten zwei Schrauben heraus, und das Bett brach besiegt als toter Schrott zusammen.
Der Lärm weckte den Anwalt nicht. Er mußte hinuntergehen.
Er ging auf den Treppenabsatz, zog mechanisch die Tür hinter sich zu, als ihm einfiel, daß seine Schlüssel im Jackett über dem Stuhl waren. Mechanisch durchsuchte er die Taschen seiner Hose, um sich zu überzeugen. Er fand nur ein Taschentuch und sein Messer.
Behutsam an die Wand gelehnt, um zu vermeiden, daß die zweite Stufe knarrte, ging er abwärts. Das schwarze Loch des Treppenhauses, ein Abgrund, aus dem jeden Augenblick irgendein unbe-

kannter Schrecken emporsteigen konnte, roch wie die Pest, eine Mischung aus Affenhaus und Gulli. Die Portiersfrau hatte am Nachmittag wilden Kohl gekocht.
Die Türklingel des Anwalts befand sich links, einen Meter zwanzig über dem Boden. Beim ersten Mal drückte er, ohne zu fühlen, daneben.
Seine über die Türfassung tastende Hand fand schließlich die glatte Messingfassung. Er drückte auf den beweglichen Knopf in der Mitte, dessen Berührung ihn erschauern ließ. Der Strom war zwar gesperrt, aber es war noch ein bißchen in den Leitungen geblieben, und das würde vielleicht genügen, um den Anwalt zu wecken. Um ganz sicher zu gehen, bearbeitete André die Tür noch mit kräftigen Fußtritten.
Vom betrunkenen Anwalt schlecht verschlossen, gab sie unter den Tritten nach, und André trat ein in die Finsternis. Er stolperte, tastete sich zur Wand, gelangte ins Eßzimmer. Das weitgeöffnete Fenster ließ gut fünfzig großkalibrige Mondstrahlen ein, und, angehalten, leuchtete der Anker schwach hinter der Glasscheibe. So blieb die Zeit endlich stehen, und André hörte den Anwalt nicht aus seinem Zimmer kommen, denn er lebte schon in einer um eine Minute älteren Welt.
Aber er sah ihn, sehr weit weg, und mußte, um die Entfernung zu überwinden, sein Messer werfen, und er sah ihn fliehen, von der Zeit davongetragen, mit blutender Kehle und schlaffem Anwaltskörper. Die Entwarnung bürdete der Nacht ihren mißtönenden Akkord auf. Mit einem Schlag ging das Licht wieder an, und der Anker existierte nicht mehr.

6 Der Schatten des Treppenschachts verblaßte schon in der Nähe der Fenster, die aus bunten Butzenscheiben zusammengesetzt waren.
Seine schmerzenden, schweren Füße trieben ihn auf die Straße. Zwei weiße Katzen liefen vor ihm her, einem Mülleimer entstiegen, wie einer Champagnerflasche der Schaum.
Die Brücke war nicht weit, und auf der glatten Oberfläche des Geländers lief es sich besser als auf dem rauhen Asphalt des Trottoirs.
Da tauchte hinter ihm die Silhouette des Majors auf, wütend,

daß er in dieser Geschichte nicht vorkam, und packte ihn am Kragen. Mit hochgezogenen Schultern und ausgebreiteten Armen, den Kopf nach vorn, gestikulierte André einige Zentimeter oberhalb des Geländers und rief: »Lassen Sie mich los!« Aber nur er wußte, daß der Major ihn hochgehoben hatte, denn dieser hatte sich gerade wieder unsichtbar gemacht, und für den Rest der Welt verschwand André im Fluß.

Die verlassene Straße

1 Ein junger Mann wollte bald heiraten. Er beendete gerade das Studium der Marmorgrabmalkunst und anderer Steinmetzarbeiten. Er stammte aus guter Familie, sein Vater leitete die Sektion K der Röhrenkesselwerke, und seine Mutter wog siebenundsechzig Kilo. Sie wohnten rue des Deux-Frères 15, die Tapete des Speisezimmers war leider seit 1926 nicht erneuert worden und mit orangefarbenen Orangen auf preußischblauem Grund gemustert, einfach scheußlich. Heutzutage nähme man sie ungemustert und das auf andersfarbigem Grund, zum Beispiel einem helleren. Er hieß Fidèle und sein Vater Juste. Auch seine Mutter hatte einen Namen. Wie jeden Abend fuhr er mit der Metro zum Institut, einen Grabstein unterm Arm, sein Handwerkszeug in einem Köfferchen. Wegen des Steins leistet er sich Liegewagenplätze, um zu vermeiden, daß die feine Politur des Kalksteins durch die oft beißenden Bemerkungen beschädigt würde, die man in den gewöhnlichen, überfüllten Wagen zu hören bekommt.
An der Station Denfert-Rochereau stieg ein anderer Schüler des Instituts, aus der Klasse über ihm, ins Abteil. Er trug einen weit größeren Grabstein unterm Arm, und in einem Korb hatte er außerdem ein schönes Kreuz aus lila Perlen. Fidèle grüßte ihn. Die Disziplin des Instituts war streng, sie mußten alle schwarz tragen und zweimal in der Woche die Wäsche wechseln. Sie waren gehalten, unschickliches Auftreten, wie ohne Hut auf die Straße gehen oder auf der Straße rauchen, zu vermeiden. Fidèle war auf das lila Kreuz neidisch, aber das Jahr ging voran, und in zwei Monaten würde auch er versetzt werden. Dann bekäme er Zugang zu den großen Grabsteinen, solchen mit zwei Perlenkreuzen und einem aus Granit, die man nicht zur Hausarbeit mitnehmen durfte. Weil es teuer war, wurde das Werkzeug mit dem Namen des Institutsdirektors gestempelt, aber es war den Schülern erlaubt, zu Hause an einigen ästhetischen Kompositionen zu arbeiten, um den im Institut erteilten Unterricht restlos auszuschöpfen. In der ersten Klasse studierte man Marmorsteine für Kinder bis zu dreizehn Jahren, dann die R.I.P. 3 und in der

dritten Klasse endlich arbeitete man an Grabdenkmälern für Erwachsene, den interessantesten und abwechslungsreichsten. Wohlgemerkt, es handelte sich um theoretischen Unterricht: die erworbenen Kenntnisse richteten sich auf Entwurf und Anordnung der Steine; die Ausführung des Schnitts und die endgültige Grabsteingestaltung war Aufgabe der Schüler der Abteilung Gestaltung. Die Schule hatte eine Stellenvermittlung und empfahl im allgemeinen paarweise die Schüler, die die Abschlußprüfungen erfolgreich bestanden hatten, je einen Grabplaner und einen Grabgestalter, ausgewählt aufgrund ihrer jeweiligen Affinität und aufgrund einer Testreihe nach den Methoden der Pariser Verkehrsbetriebe. Der Planer erlernte gleichzeitig die kommerzielle Seite des Berufs und den Umgang mit Kunden, was die Notwendigkeit absoluter Korrektheit in Kleidung und Auftreten rechtfertigte.
Die beiden Schüler stiegen zusammen an der Station Saint-Michel aus und gingen den Boulevard hoch. Mit besonderer Erlaubnis der Äbte von Cluny war der Gesellschaftssitz des Instituts in die Ruinen der Thermen des Julian Apostata gelegt worden, und ein Teil des Unterrichts fand nachts im Freien statt, inmitten der Ruinen, um die Schüler in jenen Zustand von Empfänglichkeit zu versetzen, der die Entfaltung einer modernen und verfeinerten Grabästhetik befördert.
Als sie sich den Ruinen näherten, läutete die Totenglocke, und sie beeilten sich, es war höchste Zeit.

2

Um Mitternacht wurde der Unterricht etwa eine Stunde unterbrochen, und die Schüler nutzten die Zeit zum Atmen der frischen Ruinenluft und vergnügten sich mit dem Entziffern hebräischer Grabinschriften, die in den Thermen des Julian in bedeutender Zahl vertreten sind.
Es war ihnen auch gestattet, in dieser sechzigminütigen Erholungspause irgendeinen Drink zu nehmen in der Bar der Äbte von Cluny, Lazare Weil und Joseph Simonowitch, im angrenzenden Museum. Die Unterhaltung der beiden Männer, fruchtbar an Wissenswertem über die Steinmetzkunst und gespickt mit allerlei originellen Einfällen, begeisterte in höchstem Grade den

strebsamen Fidèle, dessen Gedanken sich von den Steinen nur abwandten, um sich mit den Umrissen eines anmutigen Bildes zu beschäftigen: seiner Verlobten Noemi.
Noemi, deren Vater Inspektor und deren Mutter noch gut erhalten war, lebte bescheiden in einer 12-Zimmer-Wohnung auf dem Boulevard Saint-Germain; sie hatte zwei gleichaltrige Schwestern und drei Brüder, von denen einer ein Jahr älter war, weshalb man ihn den Ältesten nannte. Manchmal kam Noemi auf einen Sprung zu ihrem Verlobten in die Museumsbar, wo die beiden jungen Leute unter der väterlichen Obhut Joseph Simonowitchs süße Schwüre tauschten, während sie Grave's Ghost tranken, Josephs Meisterstück. Eigentlich durften die Schüler nur schwarzen Kaffee mit einer Silberträne trinken, aber das Gebot duldete kleine Verstöße ohne schwere Folgen für das Seelenheil der Schüler, welchselbe stets vollkommene Würde bewahrten.
An diesem Abend kam Noemi nicht zu Fidèle. Er hatte sich mit Laurent verabredet, einem ehemaligen Schulfreund, Assistenzarzt im Hôtel-Dieu. Laurent hatte häufig Nachtdienst und entwischte aus dem Schlafsaal, wenn ihn der Dienst nicht allzu sehr in Anspruch nahm.
Laurent kam etwa zwanzig vor eins. Er hatte sich verspätet. Ein Betrunkener war ins Hôtel-Dieu eingeliefert worden, wie üblich von fünf oder sechs Polizisten begleitet. Zunächst hatte niemand gemerkt, daß es sich um einen Betrunkenen handelte; schließlich konnte man nicht am guten Glauben der Polizisten, die ihn zusammengeschlagen hatten, zweifeln, und da er im Koma lag, mußte man ohnehin auf seine Aussage verzichten.
»Er schrie ›Es lebe die Freiheit!‹«, sagte ein Polizist. »Und er ist nicht an der Ampel über die Straße gegangen.«
»Da haben wir ihm eine reingehauen«, sagte ein anderer. »Es ist einfach unzumutbar, daß trunkene Individuen in einem Studentenviertel der Jugend ein schlechtes Beispiel geben.«
Beschämt starb der Kerl vor der Operation, unter Chloroform, und dadurch hatte sich Laurent verspätet. Zum Glück hatte sich sein Kollege Peter Gna mit dem Kerl abgegeben und ihn abgelöst.
»Und wann heiratest du?« sagte Laurent.
»Nächste Woche ...«
»Und wann willst du den Abschied vom Junggesellenleben begießen? Langsam müßtest du dich auf den Sport vorbereiten.«

»Liebergott!« feixte Fidèle, »ich nehme an, das werde ich auch nächste Woche tun.«
»Du solltest anfangen, dich ernsthaft darum zu kümmern«, sagte Laurent.
»Ich kümmere mich ernsthaft darum.«
»Wen wirst du einladen?«
»Dich, Pierre und den Major.«
»Wer ist der Major?«
»Ein Freund von Pierre. Pierre besteht darauf, ihn mir vorzustellen.«
»Ist er denn was Besonderes?«
»Er soll einen Haufen Friedhöfe kennen, und er kann mir für meine Karriere nützlich sein, und außerdem ist er ein lustiger Vogel.«
»Gut, lad ihn ein«, sagte Laurent. »Und Mädchen? ...«
»Was?« sagte Fidèle schockiert, »keine Mädchen! ... Immerhin heirate ich drei Tage später.«
»Und warum, meinst du, begießt man sein Junggesellenleben?«
»Weil ein Abschied was Ernstes ist«, sagte Fidèle. »Ich will meiner Verlobten das geben, was ich von ihr verlange.«
»Sozusagen tadellose Jungfräulichkeit?« wollte Laurent wissen.
»Zumindest eine jüngere«, sagte Fidèle bescheiden.
»Gut«, sagte Laurent, »es wird also ein Junggesellenessen?«
»Natürlich«, versicherte Fidèle. »Mittwoch abend sieben Uhr bei mir.«
Als es ein Uhr schlug, verließen sie die Bar. Laurent drückte seinem Freund die Hand und grüßte Joseph im Gehen. Fidèle schloß sich seinen Mitschülern in der Südkrypta an, wo der Unterricht stattfand. Sie wurde auch als Ausstellungssaal für die Abschlußarbeiten benutzt. Der Unterricht begann, es ging darum, ob es vorteilhaft sei, die Kiesel zwischen den Zwergbuchsbäumen der Pflanzengarnitur Modell Nr. 28 aus Granit, Typ mit Halbreliefkreuz, schwarz zu färben.
Fidèle zog sein Kollegheft heraus und setzte sich auf einen phantasieroten Marmorblock.

3 Um vier Uhr legte Fidèle mit einem Mitschüler eine halbstündige Pause in den Ruinen ein.
Er sah fast alle Sterne außer dem Beteigeuze, der sich im letzten Monat so sehr verausgabt hatte, daß er vorübergehend erloschen war. Fidèle wand sich den Schal um den Hals. Vom Boulevard wehte ein leichter Wind durch das Gitter, und er erging sich in den ruhigeren Luftzonen, hinter den Stäben.
Er näherte sich der Ecke, wo sich die hebräischen Grabsteine häufen, deren Details sie untersuchen durften, und setzte sich auf einen.
Halbeingesunken lag vor ihm ein Gewölbefragment, Überbleibsel eines Säulengangs. Es ähnelte merkwürdig der bekannten Austerform, streng zylindrisch, eine Seite flach, die andere gewölbt. Fidèle versuchte, es umzudrehen. Er schaffte es mit Mühe. Zwei verschlafene, ineinanderverschlungene Ohrwürmer schliefen darunter neben einem Tausendfüßler und drei Pfefferminzbonbons in vorzüglichem Erhaltungszustand. Er probierte alle nacheinander, ließ den Stein in seine Mulde zurückfallen, und da er in diesem Augenblick dessen frappierende Ähnlichkeit mit einer Auster bemerkte, zog er einen Kreuzmeißel aus der Tasche und versuchte kniend, den Stein zu öffnen.
Nach erfolglosen Versuchen gelang es ihm, die Spitze des Kreuzmeißels in einen durch Erde und Moos halbverstopften seitlichen Spalt zu zwängen, legte sich ins Zeug und brach den Meißel entzwei. Er nahm einen anderen. Entmutigt gab der Stein nach. Er legte behutsam den Deckel neben sich und sah sich alles an. Auf einer feinen Sandschicht lag Noemis Foto in einem geschnitzten Holzrahmen, unter einer rosenfarbenen Glasscheibe. Er steckte die Rose ins Knopfloch, griff nach dem Bild, legte es auf den Sand.
Noemi bewegte die Lippen, und er zerschlug das Glas, um ihre Worte verstehen zu können. Auch sagte er ihr, wie sehr er sie liebe. Es wurde Tag. Noch eine Stunde Unterricht. Ein Vogel kam aus seinem Nest, schüttelte nach und nach die Zweige ab, aus denen es bestand, plusterte sich auf, reckte sich, flog davon, kam mit dem Frühstück zurück, aber Fidèle war nicht mehr da. Der Vogel fraß beide Portionen. Ihm war den ganzen Vormittag schlecht.

4 Noemi las in ihrem Zimmer. Man hatte ihr gerade das Frühstück gebracht. Nußtörtchen und Languste in Mayonnaise. Sie mußte ihre empfindliche Leber schonen.

Das Buch, ein Werk des Vicomte des Montalembert, erzählte das Leben der sehr heiligen Elisabeth von Ungarn, und Noemi weinte kräftig, denn der tapfere junge Burggraf, der Gatte der mutigen Elisabeth, starb. Da sie aber in Feiertagsstimmung war, klappte sie das Buch zu und nahm lieber »Drei Mann in einem Boot«, dachte aber plötzlich an ernste Dinge und hörte auf zu lesen, denn sie hätte aufstehen müssen, um sich ein passendes Buch zu holen, auf ihrem Nachttisch lag nur noch das Telefonbuch.

Um den Geist zu erquicken, machte sie etwas finnische Gymnastik, die ohne Bewegung im Liegen ausgeführt wird und im Spannen und anschließenden Entspannen gewisser wohlausgewählter Muskeln besteht.

Sie stand auf, zog sich ein farbenfrohes Leinenkleid an, kletterte drei Stufen hoch und fiel aus einer Höhe von fünfzig Zentimetern in das gleichhoch gelegene Nachbarzimmer. Sie zog sich dabei eine leichte Verstauchung zu und ging ins Badezimmer, ihren Knöchel zu umwickeln. Setzte sich dann vor den Spiegel und glättete ihr dunkelrotes Haar. Lächelte ihr Spiegelbild an, aber der Schmerz in ihrem Knöchel verhinderte, daß sie ihr Lächeln zurückerhielt, und Noemi fing gerührt zu weinen an. Das Spiegelbild versuchte ein mutiges Lächeln, um sie zu beruhigen, und alles wurde wieder gut, was nicht schwer war.

5 Fidèle begann mit den Vorbereitungen für den Empfang, den er seinen Freunden geben wollte. Eltern würden nicht dabei sein: ihre Anwesenheit ist zuweilen mit Freiheit unvereinbar, aber eben diese Sorte von Eltern geht aus eigenem Antrieb ins Kino, um der Jugend das Feld zu überlassen. Fidèle hatte keine Orgie vor, trotzdem verlangte das Schamgefühl eine gewisse verbale Zurückhaltung in den Gefühlsäußerungen vor älteren Personen, und Fidèle wollte seinen Freunden den Überschwang seines Glücks zumindest in einem phraseologischen Bacchanal ausmalen, vor dem er freilich schon im voraus zitterte.

Das längliche, hohe Speisezimmer würde sich vorzüglich für das

Essen eignen. Fotos von Luxusgräbern, Fidèles Entwurfsskizzen, belebten die Wände mit dem Grauton alter Steine. Wenige Möbel: auf einem langen, niedrigen Buffet aus Trauerbirke standen zwei silberne Leuchter mit roten Kerzen. Ein Tisch aus gleichem Holz, Stühle aus dunklerer, fast schwarzer Birke, die in Afrika vorkommt, wo sie, übersetzt man es genau, Ebenholzbaum heißt, mit rotem Maroquin bezogen. Fidèle würde sich mit dem Rücken zum Fenster setzen.
Störend war nur die Tapete mit den orangefarbenen Orangen auf preußischblauem Grund, und Fidèle ging ans Telefon und bestellte telefonisch jemanden zum Auswechseln. Er wollte preußischblaue Orangen auf orangefarbenem Grund. Nach reiflicher Überlegung beschloß er, daß auch eine beigefarbene Tapete, uni und rauh, nicht übel aussehen würde, und der Maler klebte abwechselnd eine elfenbeinfarbene und eine cremefarbene Bahn, mit knallroter Borte, zum Maroquin der Stühle passend, und tauschte die Grabfotos gegen Noemis Bild aus, das er mit Komplizenlächeln aus seinem zusammenklappbaren Tapeziertisch zog.

6 Bis weit in den Vormittag hinein faulenzte Noemi in ihrem Bett. Ganz untätig war sie nicht: sie beschäftigte sich mit ihrem Strickzeug. In dem lackierten Weidenkorb lagen drei dicke Knäuel weiße Angorawolle und ein Knäuel gewöhnlich rote Wolle. Sie strickte den Kragen des Vorderteils zu Ende: noch vierzehn Reihen. Das ganze Vorderteil war aus weißer Angorawolle, über zwei Reihen lief ein waagrechter roter Streifen, dann kamen wieder zwei weiße Reihen, und über zehn Reihen wollte sie den Vornamen ihres Verlobten in Jacquard stricken; rot würde er auf dem weißen Angoragrund stehen, dessen feine Haare ihn halb verdecken und schön warmhalten würden. Der Einfachheit halber wollte sie ihn in Runen schreiben, da genügte es, auf zehn Reihen acht linke Maschen weiß und zwei rechte Maschen rot aufzunehmen. Ein sehr hübscher Sweater würde das werden.
Am Nachmittag ging sie mit einer Freundin ins Kino, um den letzten Film von Manfred Carote zu sehen und das Mädchen, das in diesem Film genau den Pullover anhatte, den Noemi strickte.

Sie hatte sich um halb fünf im »Oiseau Vert« verabredet, um den Anfang des Films nicht zu verpassen und doch erst nach der Wochenschau zu kommen, die sie in dieser Woche bereits neunzehnmal gesehen hatte.

7 Am selben Morgen rasierte sich Pierre, einer der Gäste Fidèles, sorgfältig und zog, bevor er zur Arbeit ging, ein sauberes Hemd an: er arbeitete als Ingenieur in einem waghalsigen Unternehmen. Er wartete auf einen Anruf des Majors, um ihm Fidèles Adresse zu geben und sich nötigenfalls vor dem Essen mit ihm zu treffen, um gemeinsam hinzugehen.
Unterdessen stieg der Major um vierzehn Uhr zwanzig aus seinem Sonderflugzeug, brachte seinen leeren Koffer zur Gepäckaufbewahrung, nahm als Ausgleich für den erlittenen Verlust den Koffer von jemandem vor ihm in der Schlange mit, rief laut nach einem Taxi, machte den Fahrer auf seine schwarze Nase aufmerksam, stieg aus, nahm die Metro und ließ den anderen keine übrig, stieg an der gewünschten Station um fünfzehn Uhr aus und gelangte als Fußgänger zum »Bol d'Or« und zum Eingang seiner Privatpension in der rue Cœur-de-Lion.
Eine halbe Stunde später verließ er sie wieder und überließ den Hausangestellten die in Rekordzeit angerichtete grauenhafte Unordnung. Er hatte den Anzug gewechselt, wirbelte seinen eleganten gelben Spazierstock aus Schildpatt, und sein Glasauge blinkte wie Leuchtfeuer und blendete für immer die wenigen Personen, die er eines Blickes würdigte.
Er betrat ein Café, köpfte einen harmlosen Gast mit einem Stockhieb, erstickte die Einwände des Kellners mit einem fetten Trinkgeld, das er ihm wie einen Knebel in den Mund stopfte, und schloß sich doppelt in die Telefonzelle ein, deren Boden unter seinem Gewicht infolge falscher Bedienung der Nummernscheibe nachgab.
Der Major gelangte so in den Keller des Cafés, ließ bei dieser Gelegenheit ein paar erlesene Flaschen mitgehen, die er auf seine verschiedenen Taschen verteilte, stieg die Treppe hoch, trat auf die Straße, als wäre nichts geschehen, und suchte ein solideres Lokal.

Er fand es, trat ein, steckte eine Münze in den Schlitz und rief Pierre an.

8 Assistiert von Peter Gna operierte Laurent an diesem Tag schon das vierte Hipparion am Eierstock. Er wollte gerade mit der Fixierung beginnen. Der Patient lag auf einem vernickelten Rohrgestell, eine Art A-förmigem Bock; seine Wirbelsäule lag auf der Buchstabenspitze, Kopf und Füße baumelten der Länge nach die beiden Balken des A herunter. Sein Bauch war straff wie eine Angelrute. Diese schmerzhafte Haltung machte die quälenden Schmerzen vergessen, die das Hipparion bereitete. Ein großer weißer Reflektor warf grelles Licht auf das Operationsfeld, und das Hipparion zuckte schwach unter der Haut. Das Licht war ihm unangenehm.
»Evipan!« sagte Laurent.
Peter Gna bereitete die Spritze vor, rieb den Arm des Kranken mit einem in Alkohol getränkten Wattebausch und stach die Nadel in die bläuliche, abgeschnürte Vene, die mit einem kleinen feuchten Schnalzen platzte. Er suchte eine andere Stelle, fand aber keine, so daß er die schräge Spitze energisch in die haarige Achselhöhle pflanzte. Unter dem Druck des Kolbens lief die silbrige Flüssigkeit langsam aus, während sich unter dem rechten Auge des Patienten eine kleine kegelförmige Beule bildete.
»Zählen Sie bis zehn«, gab Laurent Anweisung.
Der Kranke hörte bei sechs auf.
»Merkwürdig«, sagte Peter Gna. »Gewöhnlich brauchen sie mindestens 20 Sekunden zum Einschlafen ...«
»Ich schlafe nicht«, zischte der Kranke, »ich kann nur bis sechs zählen ...«
Und schlief flugs ein. Seine Wirbelsäule vermißte die für den wachen Zustand spezifische Nervenspannung, knickte einfach zusammen und paßte sich dem kantigen Profil des Rohrgestänges an.
»Siehst du es?« fragte Laurent mit gedämpfter Stimme.
»Ja«, hauchte Peter Gna.
Ernstlich gestört, versuchte das Hipparion der Helligkeit des Reflektors zu entgehen.
»Nadel«, befahl Laurent.

Peter Gna reichte sie ihm. Es war eine dicke, angelaufene Stahlnadel mit vernickeltem Griff.
Laurent zielte gewissenhaft und pflanzte die spitze Nadel in die dunkle Masse, deren Zuckungen unter der Haut aufhörten. Er hielt sie mit seinem ganzen Gewicht. Nach einer Weile lockerte er den Druck.
»Fixiert«, sagte er, »wir können operieren. Los jetzt, ich bin heute abend um sieben Uhr mit einem Freund verabredet.«

9 Fidèle empfing Pierre und den Major in der Diele, in die sie das Dienstmädchen eingelassen hatte.
»Wo ist Laurent?« fragte er und schüttelte ihnen die Hand.
»Er wollte allein kommen«, erwiderte Pierre. »Das ist der Major.«
»Sehr erfreut«, sagte Fidèle. »Übrigens, ihr kommt nicht zu spät. Ich hatte mit Laurent sieben Uhr verabredet, es ist erst viertel nach sechs. Wir können noch plaudern, bis er kommt.«
»Sehr liebenswürdig von Ihnen, es uns so behaglich zu machen«, sagte der Major. »Wir können auf der Treppe warten ...«
Fidèle faßte das als Scherz auf und lachte lauthals. Die beiden anderen stimmten ein, und das Ganze endete in einem Akkord mit erweiterter Quinte.
»Gehen wir in den Salon«, schlug Fidèle vor.
Sie gingen. Die Tapete führte grüne Orangen auf lila Grund vor. Eine kleine Bar, eine Eckcouch, ein Tisch, Ledersessel.
»Traubensaft?« sagte Fidèle.
»Für mich fermentiert und destilliert«, präzisierte der Major. »Manchmal heißt das Cognac, manchmal Armagnac, je nach der Gegend.«
»Sie sind viel herumgekommen?« sagte Fidèle bewundernd.
»Ich habe ...«, sagte der Major.
Die beiden anderen saßen auf dem Sofa, das Glas in der Hand. Der Major thronte in einem mit feinen Daunen ausgestopften Sessel.
»... die Ozeane und die Meere gesehen, die Neue und die Alte Welt. Die Neue zuerst, zum Spaß, und dann die Alte, alles zu seiner Zeit, wie es sich gehört. Ich habe die Westentaschen vieler meiner Zeitgenossen beehrt, sogar das Pflaster als feuerfest geltender Städte erhitzt, ich habe großstädtischen Asphalt mit dem ver-

goldeten Ende meiner achtlos weggeworfenen Kippen tönen lassen, behängt mit irgendeinem Ulster aus Roubaix und immer in Erwartung der Wunder, die ich am nächsten Tag erleben würde.«
»Haben Sie Friedhöfe gesehen?« fragte Fidèle.
»Ich habe sie beliefert«, sagte der Major kühl. »Ich könnte Ihnen die Gräber aus roter Erde auf den Inseln über dem Wind beschreiben, wo die Eingeborenen ihre Toten in ein Pandanenlaken gewickelt abends bei Mondaufgang beerdigen. Die Brust dem Wind zugewandt, singen die Blumenmädchen die melodischen Verse des Ahnengesangs:

Oari ména
Oari méni
Tatapi oya Tatapi
Arhûu Arhûu Oari
Ména Tatapou …

und der hat noch viel mehr Verse, die ich Ihnen nicht aufsagen werde, denn ich nehme an, Sie sind Christ. Und der Zauberer der Insel zündet eine beschnittene Wachskerze an, während er sich vor dem Nachtstern verneigt …«
»Setzen sie Steine auf die Gräber?« fragte Fidèle.
»Zentnerweise Steine«, versicherte der Major.
»Bearbeitet?« fragte Fidèle.
»Alle bearbeitet«, sagte der Major.
»Wie bearbeitet?«
»Zu Steinen«, schloß der Major, dann fügte er hinzu: »Essen wir bald?«
»Äh …« sagte Fidèle, »… vielleicht sollten wir doch auf Laurent warten …«
»Rufen Sie ihn doch an, daß er sich beeilt!« sagte der Major.
»Äh … Ja …«, sagte Fidèle. »Ich gehe schon.«
Er stand auf und ging ins Arbeitszimmer seines Vaters. Der Major nutzte seine Abwesenheit aus, um die verschiedenen Getränke der Bar durchzuprobieren, und setzte sich wieder, als Fidèle zurückkam.
»Na …«
»Er kann nicht gleich kommen«, erklärte Fidèle. »Es ist gerade eine Frau eingeliefert worden, mit zwei blauen Augen und verletzter Kopfhaut. Von ihrem Mann.«
»Hat sie es ihm nicht heimgezahlt?« meinte der Major.

»Wissen Sie, was sie zu Laurent gesagt hat? ... Sie hat ihm gesagt: Vor dem Kleinen konnte ich schlecht ... Das hätte keinen guten Eindruck gemacht.«
»Diese Frauen aus dem Volk sind manchmal von einer Tugend! ...« seufzte der Major.
Er hatte den Schluckauf und schrieb ihn dreist seinem Auge zu.
»Ja«, sagte Fidèle. »Das war anständig von der Frau. Laurent denkt, in einer Viertelstunde fertig zu sein.«
»Na, um so besser«, sagte der Major. »Also, in Grönland ...«

10 Am Arm ihrer Freundin verließ Noemi das Kino Impérieux-Cujas, wo Manfred Carote unter den unbarmherzigen Schlägen einer Bande roher Folterknechte, weit älter als er, soeben erlegen war. Sie hatte verweinte Augen, und der verstauchte Knöchel tat ihr ein bißchen weh. Es wurde schnell Abend, und die Regenluft bildete Höfe rund um die Laternenglocken. Autos waren eine Menge unterwegs und schwere Laster mit Ansaugvorrichtungen für beharrliche Lebensmittel.

11 »Und«, schloß der Major, »obwohl die Toten durchaus nicht in einwandfreiem Zustand konserviert werden, muß doch gesagt werden, daß das Polareis so vollständig einfriert, daß sie hart werden wie Fleisch aus dem Kühlhaus, in das dennoch kein einziges Stück Eis hineinkommt. Ich überlasse es Ihnen, diesen Widerspruch zu klären.«
»Bearbeiten die Eskimos die Eisstücke, die sie auf die Gräber legen?« fragte Fidèle.
»Nein«, sagte der Major, »aus dem einfachen Grund, weil diese Gräber hohl sind: man entfernt ein Stück Eis, legt den Kunden in das Loch und gießt ein wenig Wasser darüber, aber nicht bis an den Rand.«
»Ach! Warum?« fragte Fidèle.
»Das läßt sich«, sagte der Major, »physikalisch erklären: das Wasser, das darüber gegossen wird, stammt aus dem vorher entfernten Eisstück, und jeder weiß, daß Eis beim Schmelzen an Volumen verliert.«

»Aber«, beharrte Fidèle, »wenn es doch wieder friert.«
»Ja«, sagte der Major, »aber Sie vergessen die Pinguine ...«
»Aha!« sagte Fidèle ungläubig.
»Die haben immer Durst! ...« sagte der Major. »Sie sind nicht die einzigen«, fügte er hinzu, direkt in sein Glas stierend. Fidèle füllte das Glas des Majors, und dieser fuhr fort:
»Lieber Pierre, ruf doch nochmal Laurent an, er muß jetzt fertig sein ...« Pierre verschwand im Arbeitszimmer, und man hörte von dort das Echo seiner Beharrlichkeit.
»Er kann nicht kommen ...« sagte er.
»Immer noch die brave Frau?« fluchte der Major.
»Nein. Ihr Mann. Mit zwei gebrochenen Rippen, zertrümmerter Nase und einem Oberschenkelhalsbruch.«
»Zum Glück hat sie sich vor ihrem Kind geniert«, seufzte der Major. »Aber sagen Sie mal«, wandte er sich wieder an Fidèle, »Sie heiraten also morgen? ...«
»Ja«, sagte Fidèle. »Standesamtlich ...«
»Und wie ist Ihre Verlobte?«
»Sie ist hübsch«, sagte Fidèle. »Sie hat seidenweiche Wangen wie polierter Porphyr, ihre Augen sehen aus wie dicke schwarze Perlen, dunkelrote hochgesteckte Haare, einen Marmorbusen, und macht den Eindruck, als wäre sie vom Rest der Welt durch ein kleines schmiedeeisernes Gitter getrennt.«
»Reizvoll! ...« gab der Major zu, während ihm ein Schauer über das Rückgrat lief.

12

Noemi war wirklich hübsch, auch noch nachdem sie der Lastwagen auf das Trottoir geschleudert hatte. Ihr Kopf schepperte, und ihre Zähne gerieten ziemlich aneinander. Ihre Freundin fing an zu schreien. Der Krankenwagen kam nicht gleich, und das nächste Krankenhaus war das Hôtel-Dieu.
Dorthin brachte man sie auf einer Bahre. Krankenschwestern liefen über die Gänge, leerten die Eimer voller Mandeln und Blinddärme aus, die die Chirurgieassistenten vor die Türen der Operationssäle gestellt hatten. Zwei Schwestern spielten mit einem großen, rotgelb gestreiften Sauerstoffballon. Auf der Bahre hatte Noemi noch ihre schöngeschnittenen roten Lippen, ihre dunkelroten Haare, ihre gerade Nase, aber ihre Augen waren geschlossen.

13 »Na«, sagte der Major, »diesmal sagen Sie ihm aber, er soll so schnell wie möglich kommen, oder ich gehe.«

»Ja«, sagte Fidèle, »ich werde hart bleiben. Er geht uns allen auf die Nerven mit seinen Kranken ...«

»... aber ich kann nicht«, sagte Laurent. »Gerade ist ein Mädchen eingeliefert worden, von einem Lastwagen überfahren.«

»Komm trotzdem«, sagte Fidèle. »Es kann sich ja jemand anderes um sie kümmern ...«

»Hör zu«, sagte Laurent, »mich langweilt das auch. Aber sie ist hübsch ...«

»Du widerst mich an«, sagte Fidèle. »Dieses Wort richtet dich. Ich bitte dich, gib dir Mühe.«

»Gut«, sagte Laurent. »Aber wenn dieser Esel von Duval sie verpfuscht, ist es deine Schuld.«

»Zu Tisch! ... Zu Tisch!« kläffte der Major.

14 Natürlich verlief die Operation erfolgreich, nur nicht für Noemi, die starb, und da kein Platz für die Leiche war, benachrichtigte man sofort ihre Eltern, damit sie gleich nach Hause geschafft würde. Sie war schon in ein Laken gewickelt, denn das Ergebnis einer Schädelbruchbehandlung ist peinlich anzusehen, aber man gab ihnen ihre Haare. Man hatte sie abschneiden müssen, denn sie waren sehr lang.

Die Feuerwehr

Patrick versuchte verzweifelt, das Streichholz an der Wand anzuzünden, eine ideale Reibfläche, weil der Putz schon etwas abgeblättert war. Beim sechsten Versuch brach das Streichholz ab, und Patrick gab es auf, denn er beherrschte noch nicht die Kunst, sich beim Anzünden eines abgebrochenen Streichholzes die Finger zu verbrennen.

Ein Lied auf den Lippen, in dem der Name »Jesus« häufig vorkam, begab er sich in die Küche. Seine Eltern zogen es nämlich vor, die Streichhölzer in der Nähe des Gasherdes aufzubewahren und nicht im Spielzeugschrank, wogegen Patrick lediglich einen moralischen Protest anmelden konnte, denn er war nicht der Stärkere. Was den Namen »Jesus« anbelangt, so war das eine zusätzliche und gegenstandslose Anklage, eine Art von Vervollkommnung, denn niemand im Haus ging zur Messe.

Auf Zehenspitzen hob er den Deckel von der kleinen Blechbüchse und nahm eins von den kleinen Schwefelhölzchen heraus. Ein einziges auf einmal; man hat nicht in einem solchen Maße Veranlassung, auf sein Ziel loszugehen.

Dann ging er im umgekehrten Sinn den Weg von der Küche in den Salon zurück.

Als ich reinkam, hatte das Feuer die Vorhänge anständig erfaßt, sie brannten mit schöner, heller Flamme. Pat saß in der Mitte des Salons und fragte sich, ob es ihm wirklich Spaß machte. Als er meine teilnehmende Miene sah, entschied er sich, unter sich zu blicken.

»Hör zu«, sagte ich zu ihm. »Entweder amüsierst du dich, und dann besteht auch kein Anlaß zum Heulen, oder es amüsiert dich nicht, und dann weiß ich nicht, warum du das gemacht hast.«

»Es amüsiert mich nicht so«, sagte er, »aber ein Streichholz ist doch zum Anzünden da.«

Worauf er wie ein Kalb zu wimmern begann.

Um ihm zu beweisen, daß ich es nicht weiter tragisch nahm, schlug ich einen leichten Ton an.

»Mach dir nichts draus«, sagte ich. »Als ich sechs Jahre alt war, habe ich auch alte Benzinkanister angesteckt.«

»Ich hatte keine. So mußte ich eben das nehmen, was ich vorfand.«
»Komm ins Eßzimmer«, sagte ich, »und reden wir nicht mehr davon.«
»Mit kleinen Autos spielen«, sagte er begeistert. »Seit mindestens drei Tagen haben wir nicht mehr mit kleinen Autos gespielt.«
Wir gingen aus dem Salon, dessen Tür ich diskret abschloß. Die Vorhänge waren jetzt völlig verbrannt, und das Feuer begann, sich in den Teppich zu fressen.
»Also los«, sagte ich, »du nimmst die blauen und ich die roten.«
Er sah mich an, um sich zu vergewissern, daß ich nicht mehr ans Feuer dachte, und erklärte befriedigt:
»Ich werde dir eine Tracht Prügel verpassen.«

Nach einer Stunde Autospielen und einer nicht endenwollenden Diskussion über die Zweckmäßigkeit einer Revanche, gelang es mir, ihn in sein Zimmer zu locken, wo, wie ich ihm versicherte, sein Malkasten ihn mit fiebernder Ungeduld erwarte. Dann begab ich mich mit einem Laken in den Salon, um den Beginn der Feuersbrunst, die ich auf keinen Fall tragisch nehmen wollte, zu ersticken.
Man sah nichts mehr, denn eine dicke, schwarze Rauchwolke verpestete die Atmosphäre. Ich wollte herausbekommen, ob sich der Geruch der brennenden Wolle gegenüber dem der schwelenden Tapete durchsetzte, aber ein Hustenanfall machte meinen Überlegungen ein Ende. Pustend und spuckend umwickelte ich meinen Kopf mit dem Laken, befreite mich jedoch gleich wieder davon, denn das Laken hatte gerade Feuer gefangen.
Rußgeflimmer schwirrte durch die Luft, und der Fußboden krachte und zischte. Fröhliche Flammen loderten umher, um auch das noch zu erfassen, was noch nicht brannte. Als ich fühlte, wie eine glühende Zunge sich in meinen Hosenboden bohrte, trat ich den Rückzug an und schloß die Tür. Auf dem Weg zurück ins Eßzimmer ging ich zum Zimmer meines Sohnes.
»Das brennt ganz schön«, sagte ich zu ihm. »Komm, wir rufen die Feuerwehr.«
Ich näherte mich dem Tischchen, auf dem das Telefon stand, und wählte die Nummer 17.
»Hallo?« sagte ich.
»Hallo?« lautete die Antwort.

»Bei mir brennt es.«
»Adresse?«
Ich gab Länge, Breite und Höhe der Wohnung an.
»Gut«, hieß es, »ich verbinde Sie mit Ihrer Feuerwehr.«
»Danke«, sagte ich.
Ich erhielt schnell die neue Verbindung und beglückwünschte mich, daß die Posteinrichtungen so bemerkenswert funktionierten, als sich eine heitere Stimme an mich wandte.
»Hallo?«
»Hallo?« sagte ich. »Die Feuerwehr?«
»Ein Feuerwehrmann«, war die Antwort.
»Bei mir brennt es«, sagte ich.
»Da haben Sie Glück«, antwortete der Feuerwehrmann.
»Sollen wir einen Termin vereinbaren?«
»Können Sie nicht sofort kommen?« fragte ich.
»Unmöglich, Monsieur«, sagte er. »Wir sind im Augenblick überlastet, überall sind Feuersbrünste. Übermorgen um drei, das ist alles, was ich für Sie tun kann.«
»Einverstanden«, sagte ich. »Danke. Bis übermorgen.«
»Wiedersehen, Monsieur«, sagte er. »Lassen Sie Ihr Feuer nicht ausgehen.«
Ich rief Pat.
»Pack deinen Koffer«, sagte ich zu ihm. »Wir werden für einige Jahre zu Tante Surinam ziehen.«
»Klasse!« rief Pat.
»Siehst du«, sagte ich zu ihm, »du hättest das Feuer nicht gerade heute legen sollen: die Feuerwehr kann erst in zwei Tagen kommen. Sonst hättest du diese Autos sehen können ...«
»Hör mal«, sagte Pat, »sind Streichhölzer zum Anzünden da, ja oder nein?«
»Natürlich«, sagte ich. »Wozu sonst?«
»Der Kerl, der sie erfunden hat, muß ein ziemlicher Blödmann sein«, sagte Pat. »Mit einem Streichholz sollte man nicht *alles* anzünden können.«
»Du hast recht«, sagte ich.
»Endlich«, meinte er. »Es tut mir leid. Komm spielen. Diesmal nimmst du die blauen.«
»Wir spielen im Taxi weiter«, sagte ich. »Beeil dich.«

Der Werwolf

Im Wald von Fausses-Reposes, am Fuß der Côte de Picardie, wohnte ein sehr hübscher ausgewachsener Wolf mit schwarzem Fell und großen roten Augen. Er hieß Denis, und seine Lieblingsbeschäftigung war Zuschauen, wenn die Autos von Ville d'Avray kommend Vollgas gaben, um die glitzernde abschüssige Straße zu schaffen, auf die ein Platzregen zuweilen den olivenen Widerschein großer Bäume klatschte. Auch liebte er es, an Sommerabenden im Unterholz umherzuschleichen, um dort ungeduldig Liebende beim Kampf mit den Komplikationen der Gummimieder zu überraschen, von denen heutzutage leider im wesentlichen die Wäsche nur so strotzt. Er beobachtete mit stoischer Ruhe das Ergebnis dieser überall von Erfolg gekrönten Anstrengungen und entfernte sich züchtig und kopfschüttelnd, wenn er auf ein williges Opfer stieß, das, wie man sagt, tüchtig hergenommen wurde. Als Angehöriger eines alten Geschlechts zahmer Wölfe ernährte sich Denis von Gras und blauen Hyazinthen, stärkte sich im Herbst mit einigen auserlesenen Champignons und im Winter ganz gegen seinen Geschmack mit Flaschenmilch, die er vom großen gelben Lieferwagen der Genossenschaftsmolkerei klaute; vor Milch hatte er einen Abscheu wegen des Tiergeschmacks, und von November bis Februar verfluchte er die Härte einer Jahreszeit, die ihn zwang, sich den Magen zu verderben.
Denis lebte in gutem Einvernehmen mit seinen Nachbarn, denn dank seiner Diskretion wußten sie gar nicht, daß er existierte. Er fand Unterschlupf in einer kleinen Höhle, die viele Jahre zuvor von einem hoffnungslosen Goldsucher ausgegraben worden war. Nachdem er die schlechteste Chance seines ganzen Lebens erkannt hatte, war der Goldsucher überzeugt, niemals mehr den »Orangenkorb« (der bei Louis Boussenard vorkommt) zu finden und hatte sich dann entschieden, bis an sein Ende seine gleichermaßen fruchtlosen wie wahnsinnigen Ausgrabungen wenigstens in gemäßigten Klimazonen weiterzubetreiben. Denis hatte sich dort einen bequemen Schlupfwinkel eingerichtet und im Laufe der Jahre mit Radkappen, Schrauben und Autoteilen möbliert, die er auf der Straße aufgelesen hatte, wo sich häufig Unfälle

ereigneten. Als passionierter Mechaniker liebte er es, seine Trophäen zu betrachten, und er dachte an ein Atelier, das er eines Tages gewiß beziehen würde. Vier leicht legierte Kurbelstangen stützten einen Kofferraumdeckel, der als Tisch diente; das Bett bestand aus Ledersitzen eines alten Amilcar, der im Vorbeifahren eine gedrungene Riesenplatane gestreift hatte, und zwei Reifen bildeten die luxuriösen Rahmen für das Portrait der lange Zeit zärtlich geliebten Eltern; das alles paßte geschmackvoll zu den mehr banalen Stücken, die ehemals der Goldsucher gesammelt hatte.
An einem schönen Augustabend machte Denis seinen täglichen Verdauungsspaziergang. Der Vollmond machte aus den Blättern gezackte Schatten, und im klaren Licht nahmen die Augen von Denis den lieblichen rubinroten Schimmer von Arboiswein an. Als sich Denis der Eiche näherte, dem gewöhnlichen Ziel seines Spaziergangs, schickte ihm das Schicksal den Magier von Siam über den Weg, dessen wirklicher Name Etienne Pample war, sowie die kleine Lisette Cachou, die brünette Kellnerin des Restaurants Groneil, die der Magier unter einem faulen Vorwand nach Fausses Reposes geschleppt hatte. Lisette trug zum ersten Mal ein funkelnagelneues Mieder der Marke »Obsession«, und diesem Umstand, dessen Beseitigung den Magier von Siam sechs anstrengende Stunden gekostet hatte, verdankte Denis das späte Zusammentreffen.
Für Denis waren die Umstände leider außerordentlich ungünstig. Es war gerade Mitternacht; die Nerven des Magiers von Siam waren aufs äußerste gespannt; und üppig wuchsen ihm rundum das Eselsohr, der Wolfsfuß und das weiße Kaninchen, Phänomene, die seit kurzem zwangsläufig Begleiterscheinungen der Lykanthropie sind – oder vielmehr der Anthropolycie, wie wir gleich erfahren werden. Obwohl er sich diskret verhielt und sich sofort eine Entschuldigung stammelnd entfernte, machte das Auftauchen von Denis den Magier von Siam wütend. Er stürzte sich, weil er von Lisette enttäuscht war, jedoch seinen Energieüberschuß auf die eine oder andere Art loswerden mußte, auf das unschuldige Tier und biß es zum Ausgleich grausam in die Schulter. Mit einem herzerbärmlichen Angstschrei rannte Denis weg. Wieder zu Hause überkam ihn eine anomale Müdigkeit, und er fiel in einen Tiefschlaf, ständig von fürchterlichen Träumen unterbrochen.

Nach und nach vergaß er den Zwischenfall, und es ging wieder alles seinen normalen Gang. Der Herbst rückte näher, und die Septemberstürme wehten, die die Blätter so sonderbar rot werden lassen. Denis stopfte sich mit Schwämmen und Hutpilzen voll, dabei erwischte er gelegentlich einen der auf ihrer Stockelrinde beinahe unsichtbaren Becherpilze, unverdauliche Rinderzunge dagegen mied er wie die Pest. Jetzt leerten sich die Wälder schnell am Abend, und Denis ging früher zu Bett. Es schien jedoch, daß er sich dadurch kaum erholte, und am Ende der mit Alpträumen durchsetzten Nächte wachte er mit pappiger Kehle und gebrochenen Gliedern auf. Sogar seine Vorliebe für die Mechanik büßte er ein, und mittags überraschte ihn bisweilen das Traumbild einer ungelenken Tatze, die den Lappen umschlungen hielt, mit dem er den Grünspan von einer Messingstange entfernen mußte. Zunehmend wurde seine Ruhe gestört, und er wunderte sich, daß er sich das nicht erklären konnte.
Bei Vollmond riß es ihn nachts brutal aus dem Schlaf, er hatte hohes Fieber und wurde von heftigem Schüttelfrost befallen. Er rieb sich die Augen und war von der seltsamen Wirkung überrascht, die er dabei empfand, und er suchte ein Licht. Es gelang ihm bald, den wunderschönen Scheinwerfer einzuschalten, den er einige Monate zuvor von einem zur Minna gemachten Mercedes geerbt hatte, und das Fernlicht des Leuchtkörpers erhellte die hintersten Ecken seiner Höhle. Taumelnd tastete er sich zum Rückspiegel auf seinem Toilettentisch vor. Er erstaunte ihn, daß er aufrecht auf seinen Hinterpfoten ging – aber als seine Augen auf seine Erscheinung fielen, wurde sein Staunen noch weit größer: in dem kleinen runden Spiegel blickte ihm eine fremde, weißliche Gestalt entgegen, die an der Stelle, wo allein zwei schöne Rubinaugen an seinen früheren Anblick erinnerten, unbehaart war. Er stieß einen unartikulierten Schrei aus, als er seinen Körper erblickte und den Ursprung dieser Eiseskälte begriff, die ihn von allen Seiten umzingelte. Sein dickes schwarzes Fell war verschwunden, und unterhalb seiner Augen erstreckte sich der mißgestaltete Körper eines dieser Menschen, über deren Ungeschicklichkeit beim Lieben er sich gewöhnlich lustig machte.
Zuerst war das Dringendste zu erledigen. Denis stürzte zum Kofferraum, der mit allerlei, bei Gelegenheit von Unfällen aufgelesenem Plunder vollgestopft war. Der Instinkt ließ ihn einen grauen Anzug mit weißen Streifen, von vornehmem Aussehen, wählen,

zu dem er ein einfarbiges, rosenholzgetöntes Hemd und eine Bordeauxkrawatte aussuchte. Sobald er diese Kleider angezogen hatte, wobei er überraschenderweise das Gleichgewicht behielt, was er nicht verstand, fühlte er sich besser, und sein Zähneklappern hörte auf. Und als dann sein entsetzter Blick auf den kleinen, rings um seine Schlafstatt verstreuten schwarzen Pelzhaufen fiel, vergoß er Tränen über sein verschwundenes Aussehen.
Dessen ungeachtet raffte er sich dank einer großen Willensanstrengung wieder auf und versuchte, eine Erklärung zu finden. Durch Lesen hatte er viele Dinge erfahren, und die Sache schien klar: der Magier von Siam war ein Werwolf, und er, Denis, der von dem Tier gebissen worden war, hatte sich umgekehrt in einen Menschen verwandelt.
Bei dem Gedanken, nun in einer ihm unbekannten Welt leben zu müssen, wurde er zunächst von großer Furcht erfüllt. Ein Mensch unter Menschen, welchen Gefahren setzte er sich da aus! Die Vergegenwärtigung der nutzlosen Kämpfe, die sich Tag und Nacht die Aufseher der Côte de Picardie lieferten, gaben ihm einen symbolischen Vorgeschmack von der grausamen Existenz, der er sich wohl oder übel anzupassen hatte. Dann überlegte er. Seine Verwandlung würde aller Voraussicht nach – und wenn seine Bücher recht hatten – nur von kurzer Dauer sein. Warum also nicht davon profitieren und warum nicht einen Städtebummel machen? Zwangsläufig mußten dort dem Wolf gewisse Szenen, die er in den Wäldern nur flüchtig gesehen hatte, wieder in den Sinn kommen, ohne dieselben Reaktionen wie zuvor in ihm auszulösen, und er wunderte sich, daß ihm Worte über die Lippen kamen, die ihn feststellen ließen, daß diese trotz allem ebenso spitzfindig wie zuvor waren. Er ging zum Rückspiegel, besah sich näher. Seine Züge mißfielen ihm nicht so sehr, daß sie ihm Furcht machten. Als er den Mund öffnete, stellte er fest, daß sein Gaumen schön schwarz blieb und daß er die vollständige Kontrolle über seine Ohren behielt, die vielleicht ein bißchen zu lang und zu behaart waren. Aber das Gesicht, das er mit seiner ovalen Längsform, seinem matten Teint und seinen weißen Zähnen in dem kleinen runden Spiegel betrachtete, schien gebührend Figur machen zu können verglichen mit denen, die er kannte. Indessen galt es, möglichst viel Vorteil aus dem Unvermeidlichen zu ziehen und sich geschickt auf die Zukunft vorzubereiten. Eine kluge Eingebung ließ ihn dennoch vor dem Weggehen eine dunkle Brille suchen,

mit der er nötigenfalls den rötlichen Glanz seiner Edelsteinaugen mildern könnte. Gleichfalls deckte er sich mit einem Regenmantel ein, warf ihn über den Arm und erreichte mit gezieltem Schritt die Tür. Mit einem leichten Koffer gewappnet und die Morgenluft einschlürfend, die von allen Gerüchen seltsam entvölkert schien, befand er sich wenige Augenblicke später am Rand der Landstraße und richtete seinen Daumen fest entschlossen auf das erste Auto, das er entdeckte. Er hatte die Richtung Paris gewählt, von der täglichen Erfahrung ausgehend, daß Autos selten anhielten, wenn sie sich der Steigung näherten, sondern eher auf abschüssigen Straßen stoppten, denn die Schwerkraft gestattete dann ein Wiederanfahren.

Sein elegantes Aussehen bewirkte, daß er unverzüglich von einem Mann, der es nicht eilig hatte, mitgenommen wurde, und auf dem bequemen Platz rechts neben dem Fahrer starrte er mit glühenden Augen in das Unbekannte der weiten Welt. Zwanzig Minuten später stieg er an der Place de l'Opéra aus. Das Wetter war heiter und kühl, und der Verkehr hielt sich in Grenzen des Anstands. Denis schlenderte beherzt zwischen den Nägeln und nahm den Boulevard in Richtung Hotel Scribe, wo er sich ein Zimmer mit Bad und Salon geben ließ. Seinen Koffer übergab er dem Personal und ging sogleich wieder weg, ein Fahrrad kaufen. Der Morgen verging wie ein Traum; Denis, ganz durcheinander, wußte nicht wohin er radeln sollte. Zutiefst in seinem Innern spürte er wohl das starke Verlangen, einen Wolf zum Beißen zu suchen, doch er sagte sich, daß es ihm kaum leicht fallen dürfte, ein Opfer zu entdecken, und er wollte vermeiden, sich zu stark von dem beeinflussen zu lassen, was in den Abhandlungen stand. Er wußte sehr wohl, daß eine kleine Chance bestand, wenn es ihm gelingen würde, sich den Tieren des Jardin des Plantes zu nähern, doch er sparte sich diese Möglichkeit für ein heftigeres Bauchgrimmen auf. Das neue Fahrrad beanspruchte seine ganze Aufmerksamkeit. Dieses vernickelte Ding faszinierte ihn, und zudem hielt er es für geeignet, mit ihm in seine Behausung zurückzufinden.

Über Mittag stellte Denis sein Rad vor dem Hotel ab, was der Portier mit ein wenig erstauntem Blick quittierte; doch das elegante Aussehen von Denis und besonders seine rubinroten Augen schienen den Leuten die Kraft zu nehmen, auch nur die geringste Bemerkung fallenzulassen. Gutgelaunt begann er ein Restaurant zu suchen. Er wählte ein besseres und vornehmes; eine ganze Menge beeindruckte ihn noch ein bißchen, und trotz seiner umfassenden Allgemeinbildung fürchtete er, seine Manieren könnten einen leichten Provinzialismus bekunden. Er verlangte, ein wenig abseits plaziert zu werden, und die Bedienung beeilte sich, es zu tun.

Aber Denis hatte keine Ahnung, daß an diesem nach außen hin so stillen Ort gerade an diesem Tag die monatliche Zusammenkunft des Angler-Vereins aus Rambouillet stattfand, und so geschah es, daß er mitten in seiner Mahlzeit plötzlich eine Abordnung von gesund aussehenden, sich jovial gebenden Ehrenmännern hereinplatzen und auf einen Schlag sieben Tische mit je vier Gedecken belegen sah. Denis machte ein saures Gesicht bei diesem unerwarteten Ansturm; und wie zu erwarten war, kam der Oberkellner höflich an seinen Tisch:

»Ich bitte vielmals um Entschuldigung, Monsieur«, sagte dieser glatte und auf Zoten abonnierte Mensch, »aber würden Sie uns nicht die Gefälligkeit erweisen, Ihren Tisch mit Mademoiselle zu teilen?«

Denis warf eine Blick auf die Pißnelke und verzog erneut sein Gesicht.

»Ich wäre entzückt«, sagte er und erhob sich leicht.

»Danke, Monsieur«, sagte das Geschöpf mit zirpender Stimme. Mit einem Sägeton, um genau zu sein.

»Wenn Sie Danke sagen«, fuhr Denis fort, »was bleibt dann mir? Setzen wir danken stillschweigend voraus.«

»Die klassische Vorsehung, zweifellos«, meinte die Vortreffliche. Und ließ alsbald ihre Handtasche fallen, die Denis im Flug auffing.

»Oh!« rief sie verwundert. »Sie reagieren aber außerordentlich geschickt!«

»Ja«, bestätigte Denis.

»Auch sind ihre Augen ziemlich sonderbar«, fügte sie fünf Minuten später hinzu. »Sie erinnern mich an... an...«

»Ach!« meinte seinerseits Denis.

»An Granaten«, folgerte sie.

»Der Krieg«, sagte Denis.

»Ich verstehe nicht...«

»Ich wollte sagen«, führte Denis näher aus, »ich rechnete damit, Sie würden das Rubinrote erwähnen und als ich nur Granaten

kommen sah, schloß ich auf die Beschränkungen, die plötzlich Krieg durch einen Zusammenhang von Ursache und Wirkung nach sich ziehen.«
»Sie haben Politische Wissenschaften studiert?« fragte die kleine Braune.
»Um für immer die Hände davon zu lassen.«
»Ich finde Sie ziemlich aufregend«, versicherte ohne Umschweife das Fräulein, das, unter uns, die Jungfernschaft schon öfter verloren hatte, als ihr lieb war.
»Ich würde Ihnen gern die Sache zurückerstatten«, faselte Denis galant, das Femininum wählend.
Sie verließen zusammen das Restaurant, und die raffinierte Hure gestand dem Wolfsmann, sie hätte ganz in der Nähe im Hotel zur Beutelquetsche ein entzückendes Zimmer.
»Kommen Sie meine japanischen Drucke bewundern«, säuselte sie Denis ins Ohr.
»Ist das vernünftig?« erkundigte sich Denis. »Wird sich nicht Ihr Gatte, Ihr Bruder oder sonst einer der Ihren darüber aufregen?«
»Ich bin ein wenig Waise«, seufzte die Kleine und kitzelte mit der Spitze ihres spindeldürren Zeigefingers eine Träne hervor.
»Wie bedauerlich!« meinte höflich ihr vornehmer Begleiter.
Als er ihr zum Hotel folgte, bemerkte er wohl, daß seltsamerweise kein Hausdiener da zu sein schien und daß eine Menge rot einschläfernder Plüsch die Ausstattung ihres Hotels von seinem sehr stark unterschied, aber die Treppe enthüllte Denis erst den Hintern, dann die unmittelbar anschließenden Waden der Schönen, der er sechs Stufen Vorsprung ließ, da er sich orientieren wollte. Orientiert, beschleunigte er seinen Gang.
Die Vorstellung, mit einer Frau auf den Strich zu gehen, schreckte ihn ein wenig durch ihre Komik, doch die Erinnerung an Fausses Reposes verdrängte dieses aufhaltende Element, und er sah sich bald imstande, die mit dem Auge erworbenen Kenntnisse zu Bewegungen werden zu lassen. Die Schöne beliebte überglücklich zu stöhnen, und die Schlauheit dieser zustimmenden Bekundungen, mit denen sie es schaffte, in die Vertikale zu kommen, blieb für das in dieser Materie wenig geschulte Auffassungsvermögen des guten Denis unbemerkt.
Als er eben aus einer Art Koma erwachte, das sich ziemlich von allem, was er bis dahin erlebt hatte, unterschied, hörte er die Uhr schlagen. Dem Ersticken nahe und schreckensbleich zog er sich

wieder an und stutzte, als er seine Begleiterin mit, Sie gestatten, nacktem Popo eifrig in der Tasche seines Jacketts kramen sah.
»Sie suchen ein Foto von mir«, sagte er plötzlich und hielt sie für ertappt.
Er fühlte sich geschmeichelt, begriff aber doch durch das Zucken, das die zweigeteilte Hemisphäre durchfuhr, daß seine Annahme ein Irrtum war.
»Gewiß ... ja, ja ... ja, mein Liebling«, sagte die Süße, ohne recht zu wissen, ob er sich über sie lustig machte oder log.
Denis runzelte die Stirn. Er stand auf, ging und kontrollierte seine Brieftasche.
»Sie sind also eine dieser Lebedamen, von deren Schandtaten in den Büchern von François Mauriac zu lesen ist«, folgerte Denis. »Sozusagen eine Hure.«
Sie wollte erwidern, und wie, er hätte sie angewidert, und sie hätte ihr Fleisch zu Markte getragen, und sie hätte nicht nur zum Vergnügen einen Kerl aufgerissen, aber ein Aufblitzen im Auge des vermenschlichten Wolfs machte sie statt dessen stumm. Aus den Augenhöhlen von Denis kamen zwei rote Lichtbündel hervor, die sich auf die Augäpfel der Brünetten hefteten und diese in eine merkwürdige Verwirrung tauchten.
»Würden Sie sich etwas überhängen und augenblicklich aufstehen!« schärfte ihr Denis ein.
Um die Wirkung zu erhöhen, hatte er die unerwartete Idee, einen Heulton auszustoßen. Nie zuvor hatte ihn ein ähnlich guter Einfall gejuckt, und trotz fehlender Übung tönte es fürchterlich. Erschrocken und mucksmäuschenstill zog sich das Fräulein an, sie schaffte es in weniger Zeit, als die Uhr zwölf schlägt. Sowie er allein war, brach Denis in Lachen aus. Er verspürte eine niederträchtige, ziemlich erregte Empfindung.
»Das ist Geschmack an der Rache«, dachte er ganz laut.
Er brachte seine Kleider in Ordnung, säuberte sich, wo es nötig war und verduftete. Es war Nacht, und der Boulevard war herrlich erleuchtet.
Er war noch keine zwei Meter gegangen, als sich ihm drei Männer näherten. In etwas zu schreienden Farben gekleidet, mit viel zu hellen Anzügen, ganz neuen Hüten und zu stark gewichsten Schuhen rahmten sie ihn ein.
»Können wir ein wenig plaudern?« sagte der schmalste der drei, ein olivgrüner mit nettem Schnurrbart.

»Über was?« fragte Denis erstaunt.
»Spiel nicht den Ahnungslosen«, meinte der eine der beiden anderen, der rot und dick war.
»Gehen wir doch hier hinein . . .«, schlug der Olivgrüne vor, als sie an einer Bar vorbeikamen.
Denis trat ein, ziemlich neugierig. Bis hier fand er den Vorfall spannend.
»Spielen Sie Bridge?« fragte er einen der drei.
»Sie haben wohl einen nötig«, bemerkte der rote Dicke geheimnisvoll. Er schien wütend.
»Mein Lieber«, sagte der Olivgrüne, als sie drin waren, »Sie haben sich soeben gegenüber einer jungen Dame nicht ganz korrekt verhalten.«
Denis lachte laut.
»Er macht sich lustig, der Saufsack«, bemerkte der Rote.
»Das Lachen wird ihm schon vergehen.«
»Er wundert sich«, fuhr der Olivgrüne fort, »daß man sich für dieses junge Ding interessiert.«
Denis verstand plötzlich.
»Kapiere«, sagte er. »Ihr seid Zuhälter.«
Alle drei standen schlagartig auf.
»Komm uns nicht damit!« drohte der Dicke. Denis blickte sie an.
»Ich bekomme meinen Tobsuchtsanfall«, sagte er bedächtig.
»Es ist das erste Mal in meinem Leben, aber ich erkenne die Empfindung. Wie in den Büchern.«
Die drei Männer schienen verwirrt.
»Du glaubst doch nicht, daß du uns Angst machen kannst, du Holzkopf!« sagte der Rote.
Der dritte war nicht gesprächig. Er ballte die Faust und schwang sie. Als die Faust am Kinn von Denis landete, ging letzterer in Deckung, ergriff das Handgelenk und klemmte es ein. Das gab Krach.
Eine Flasche sauste auf den Schädel von Denis, der die Augen verdrehte und zurückwich.
»Wir werden dich an die frische Luft setzen«, sagte der Olivgrüne.
Die Bar hatte sich geleert. Denis machte einen Satz über den Tisch und den Dicken. Letzterer, geblendet, staunte nicht schlecht, aber er machte eine automatische Reflexbewegung nach dem beschuhten Damhirschfuß des Einzelgängers aus Fausses-Reposes.

Es folgte ein kurzes Handgemenge, nach dessen Ende sich Denis mit zerschundenem Hals im Spiegel betrachtete. Eine Schnittwunde zierte wie ein Gitter seine Wange, und eins seiner Augen färbte sich indigoblau. Schnell räumte er die drei leblosen Körper unter den Bänken beiseite. Sein Herz hämmerte wütend unter seinen Rippen. Er brache sich etwas in Ordnung. Und plötzlich erblickten seine Augen eine Uhr. Elf. »Scheiße«, dachte er. »Ich muß schleunigst weg!«

Geschwind setzte er seine schwarze Brille auf und eilte in sein Hotel. Seine Seele war von Haß erfüllt, aber die Dringlichkeit seines Aufbruchs besänftigte ihn. Er zahlte sein Zimmer, nahm seinen Koffer, schwang sich auf sein Fahrrad und fuhr los wie Fausto Coppi.

Als er zum Pont de Saint-Cloud kam, stoppte ihn ein Polizist.

»Haben Sie denn kein Licht?« sagte dieser Durchschnittsmensch.

»Wie bitte?« fragte Denis. »Wieso?« Ich sehe doch!«

»Nicht zum Sehen«, sagte der Polizist. »Sie sollen gesehen werden. Wenn Sie einen Unfall haben, was dann?«

»Ach ja?« sagte Denis. »Ja, das stimmt. Doch wie funktioniert dieses Licht?«

»Machen Sie sich einen Jux mit mir?« fragte der Bulle.

»Hören Sie«, sagte Denis, »ich bin wirklich sehr in Eile. Ich habe keine Zeit für Jux.«

»Was soll dieser Tanz?« sagte der stinkende Bullenhopser.

»Sie sind übertrieben langweilig«, antwortete der Wolf auf Pedalen.

»Schluß!« sagte der gemeine Plattfuß, »Sie haben es so gewollt.« Er machte Anstalten, eine Tanzkarte zu zücken und einen Farbstift und senkte ein wenig die Nase.

»Ihr Name?« sagte er und hob die Nase wieder empor.

Dann pfiff er in seine Tröte, denn er entdeckte in der Ferne das schnell entschwindende Fahrrad von Denis, der sich mühte, die Steigung im Sturm zu nehmen.

Denis legte sich ins Zeug. Der verdutzte Asphalt fügte sich seiner wütenden Vorwärtsbewegung. Die Steigung von Saint-Cloud war in kürzester Zeit geschafft. Er durchquerte den Stadtteil, der sich entlang Montretout erstreckt – der Name Montretout, Alleszeigen, war eine delikate Anspielung auf die herumstreunenden Lustmolche des Parks von Saint-Cloud – und bog dann links ab in Richtung Pont Noir und Ville d'Avray. Als er aus diesem vornehmen Viertel vor dem Restaurant Cabassud auftauchte, spürte er, daß sich hinter ihm etwas heftig bewegte. Er beschleunigte sein Tempo und raste jählings in einen Waldweg hinein. Die Zeit drängte. In der Ferne schlug plötzlich eine Turmuhr Mitternacht.

Vom ersten Schlag an merkte Denis, daß ihn das schwächte. Er konnte kaum noch die Pedale erwischen; die Beine schienen ihm kürzer zu werden. Beim Mondschein landete er, immer noch im Sattel, auf den Kieselsteinen des Weges, da erblickte er seinen Schatten – eine lange Nase, aufgerichtete Ohren –, und plötzlich war es aus mit dem Kerl, denn ein Wolf auf dem Fahrrad hatte keine Standfestigkeit.

Ein Glück für ihn. Kaum hatte er mit einem Satz die Erde berührt, sprang er in ein Dickicht; und das Polizeimotorrad zermantschte krachend das gestürzte Fahrrad. Der Fahrer verlor dabei einen Hoden, und sein Hörvermögen ließ in der Folge um 39% nach.

Als Denis wieder Wolf geworden war, versuchte er, sich beim Nachhausegehen über die seltsame Tobsucht klarzuwerden, die ihn in seiner menschlichen Gestalt befallen hatte. Er, der so Sanfte, so Ruhige, hatte seine guten Grundsätze und seine Sanftmut über Bord gehen lassen. Die tolle Rachsucht, deren Auswirkungen die drei Zuhälter von Madeleine zu spüren bekommen hatten, von denen einer, das sei zur Entlastung der wahren Zuhälter gesagt, von der Präfektur – Abteilung Mondänes – kam, erschien ihm unerklärlich und faszinierend. Er schüttelte den Kopf. Was für ein großes Pech war dieser Biß des Magiers von Siam. Glücklicherweise, dachte er, beschränkte sich diese mühselige Verwandlung auf die Tage bei Vollmond. Aber etwas blieb in ihm zurück – und dieser vage, geheime Zorn, dieser Rachedurst ließ ihn nicht zur Ruhe kommen.

Die *Unterhaltung mit einem Adjutanten* schrieb Boris Vian 1958; der Text war ursprünglich als Einleitung zu seiner Theorie des Chansons, *En avant la Zizique*, vorgesehen. – Das Gedicht *Der kleine Mann ist der wahre Schuldige*, um 1953/54 geschrieben, gehört zu dem Fragment gebliebenen *Traité de civisme*. – *Das kleine Geschäft* widmete Vian dem reaktionären Politiker Pierre Poujade. – Der Titel *Les lésions dangereuses (Gefährliche Verletzungen)* spielt auf den Roman *Les liaisons dangereuses* von Choderlos de Laclos an. In der aktualisierten Verfilmung dieses Romans von Roger Vadim spielte Boris Vian neben Jeanne Moreau und Gérard Philipe die Rolle des Prévan. – *Die fröhlichen Schlächter* und *Gefährliche Verletzungen* vertonte Jimmy Walter, zu *Das kleine Geschäft*, *Ich trinke* und *Tanz der Komplexe* schrieb Alain Goraguer die Musik. *Ich liebe nur mich* vertonte Yves Gilbert. Zu *Der Deserteur*, *Der Gefangene* und *Der Politische* komponierte Vian selbst die Musik. Zu *Der Politische* gibt es auch eine Musik von Mouloudji und Assayag.

Die Ameisen: Den Erstdruck dieser Erzählung, erschienen in *Les Temps Modernes* (Juni 1946), widmete Boris Vian Sidney Bechet für *Didn't he ramble*.

Die guten Schüler: Arrelent, Poland – Marcel Arland und Jean Paulhan, literarische Gegner Vians, die 1946 die Verleihung eines Literaturpreises an ihn verhinderten.

Der Krebs: Der Titel bezieht sich auf den berühmten amerikanischen Jazz-Hit *Crawfish*. Der Name der Titelfigur ist eine Anspielung auf den indianischen Jazzposaunisten Jack Teagarden.

Die verlassene Straße: Travestie auf die Philosophie Simone Weils. Der urspüngliche Titel der Erzählung war *Grabstein*.

Die Feuerwehr: Der sechsjährige Held dieser Erzählung trägt den Namen von Vians Sohn Patrick, der 1948 sechs Jahre alt war.

Der Werwolf: Der Wolf Denis stammt aus dem Bois de Fausses-Reposes in der Umgebung von Ville d'Avray, wo sich der Schüler Boris Vian mit seinen Kameraden vorzugsweise aufhielt. In der deutschen Übersetzung könnte man das betreffende Wäldchen *Wolfsruh* nennen. Der erwähnte Louis Boussenard (1847–1910), ein französischer Karl May, schrieb Abenteuer- und Jugendromane, zum Beispiel *Le tour du monde d'un gamin de Paris* und *Les Robinsons de la Guayane*.

Quellenhinweise

Die in unserem Band enthaltenen Verse und Chansons sind, wenn nicht anders vermerkt, der Ausgabe *Textes et Chansons* der Editions René Juillard, Paris 1966 bzw. dem gleichnamigen Band der Union générale d'éditions – 10/18 –, Paris 1969, entnommen. Die französischen Rechte liegen bei Ursula Vian und Christian Bourgois Editeur, Paris. Originaltitel der Texte: *Le déserteur, Conversation avec un adjutant, Les joyeux bouchers, Le lampiste est le vrai coupable, Le politique, Le petit commerce, Le prisonnier, Je bois, Les lésions dangereuses, Je n'aime que moi* und *Bourrée de complexes. Je bois* ist im Beiheft einer Vian-Schallplattenedition von Jacques Canetti (Distribution Polydor), Paris 1964, enthalten. Bei *Je n'aime que moi* diente ein Manuskript aus dem Nachlaß Vians als Übersetzungsvorlage.
Die Erzählungen sind mit Ausnahme von *Die Feuerwehr* und *Der Werwolf* dem Band *Die Ameisen* entnommen, der 1967 im Verlag Klaus Wagenbach erschienen ist. Die elf Erzählungen *Les Fourmis*, 1949 im Verlag Scorpion erstmals publiziert, erschienen 1960 bei den Editions *Le terrain vague*, die die französischen Rechte vertreten. Sie wurden 1944 und 1945 geschrieben. Originaltitel der hier vereinigten Erzählungen: *Les fourmis, Les bons élèves, Le voyage à Khonostrov, L'écrevisse, Les poissons morts, Le brouillard, La route déserte. Die Feuerwehr* (Les Pompiers) erschien zuerst im *Combat* am 15. August 1948 und ist in dem ausschließlich dem Leben und Werk Boris Vians gewidmeten Dossier 12 des Collège de Pataphysique enthalten. Die deutsche Übersetzung erschien im Anhang des Buchs *Der Alte vom Berge* von Alfred Jarry im Carl Hanser Verlag, München 1972. – *Der Werwolf (Le loup-garou)*, 1947 entstanden, ist die Titelerzählung eines bei Christian Bourgois Editeur, Paris 1970, herausgekommenen Bandes mit Erzählungen aus dem Nachlaß Vians; sie erscheint hier zum ersten Mal in deutscher Übersetzung. – Die dem Band *Die Ameisen* entnommenen Erzählungen wurden von Irmgard Hartig und Klaus Völker übersetzt. Alle anderen Übertragungen besorgte Klaus Völker.

»Wir haben den ganzen Morgen vor dem Hoteleingang gewartet, weil wir zu sehen hofften, wie ein Neger gelyncht wird, doch die New Yorker sind fraglos Schwächlinge. Es scheint, daß in Nevada noch harte Männer zu finden sind. Wir werden alles daransetzen, dorthin zu fahren. Unsere Koffer sind gepackt.«
Boris Vian, Amerikanische Impressionen, 1946

Boris Vian im Verlag Klaus Wagenbach

Das rote Gras

In diesem Roman erforschen die Männer vergeblich sich selbst, und die Frauen stehen und liegen kopfschüttelnd daneben.

Deutsch von Eugen Helmlé. WAT 233. 152 Seiten

Ich werde auf eure Gräber spucken

Ein völlig verfickter Roman aus verfickten Zeiten: Vian in der Verkleidung eines schwarzen amerikanischen Krimi-Schriftstellers!

Deutsch von Eugen Helmlé. WAT 240. 136 Seiten

Aufruhr in den Andennen

In seinem ersten Roman zeigt Vian uns, wie fruchtbar die Liaison ungezügelter Phantasie mit einem frischen Ingenieurdiplom sein kann.

Deutsch von Wolfgang S. Baur. WAT 243. 96 Seiten

Tote haben alle dieselbe Haut

Eine witzige, böse Travestie auf den amerikanischen Krimi und seine machistischen, großmäuligen, prügelnden, saufenden Weiberhelden.

Deutsch von Asma Semler. WAT 244. 128 Seiten

Herbst in Peking

Der exaltierteste Roman von Boris Vian: Er erzählt die Geschichte einer Liebe und das Scheitern einer großen Spekulation.

Deutsch von Eugen Helmlé. WAT 271. 296 Seiten

Drehwurm, Swing und das Plankton

Wie man sich auf einer Party amüsiert, auf der die begehrteste Frau unter dem Schutz eines Unteringenieurs steht.

Deutsch von Eugen Helmlé. WAT 249. 184 Seiten

Der Herzausreißer

Ein surrealer Roman voll Unzucht, Psychoanalyse und Geistererscheinungen.

Deutsch von Wolfgang S. Baur. WAT 257. 216 Seiten

Die kapieren nicht

Ein »amerikanischer« Roman, den Vian unter Pseudonym schrieb – voll von feinen Leuten, erotischen Knallern und rasendem Leben.

Deutsch von Hanns Grössel. WAT 258. 136 Seiten